烤
神
仙

烤神仙

蔡怡 著

南京大学出版社

目　次

未来的眷村名家

黄　梵(诗人,小说家)

　　蔡怡是一个范例,即退休才开始写作,并步入成熟作家的范例!我朋友中另一个范例,是美国诗人小说家罗斯·海伦,她是我诗歌英译者的母亲,与蔡怡一样,那颗写作之心一直受缚于生存职业,直到退休回到家里,才放出光芒。据说日本也在升起退休写作的火焰。以我屡次去台湾授课的观察(我的写作课上年龄最大的学员,已逾八十),台湾在这股退休写作的潮流中,已领风气之先,蔡怡无疑是其中的佼佼者。

　　我和蔡怡相识于2011年,在我和许荣哲为耕辛文教会开设的小说课上,与其说她来学习,不如说她来证实了她的写作天赋。她入班时,已是台北市妇女阅读写作协会的副理事长,有了她的张罗,该协会已成为台北诞生新作家的摇篮之一。那时,我知道她对散文着迷,她也留下用散文代替小说交作业的印象。无论作业里还是课外,她说不完的话题是父母。我和许荣哲都对她文字具有的情感力量感到惊讶,感叹于她对生活观

1

察的细致入微,又赋予病人幽暗生活中的光明所在,这是一种能长存的人间正能量。不像某些"正能量",一旦宣扬疲沓,就会崩塌。比如《烤神仙》一文中的神仙,是指蝉的幼虫,"我"道出父亲早年烤神仙的合情合理,甚至佳句送出的诗意,这诗意当然也被海峡隔开的乡愁写就。"我"因为父亲残破的记忆,窥见了海峡另一边的迷人过去,意识到它成为父亲活下去的拐杖。等到"我"开始悲叹父亲的记忆,由远及近渐渐关闭,即"'神仙'都长了翅膀飞走了",父亲也将追随神仙而去,"父亲如神仙,等到了大地的召唤",将"去到一个我进不了的世界"。一旦"我"和父亲阴阳两隔,那扇通向过去、大陆的精神门扉,便戛然关闭,"我"回到了不再烤神仙的理性时代,空有智慧,不再有那不幸的,有点残忍的,烤神仙时代的浪漫。"神仙应不再被烤了……"文章最后这言之凿凿的"正能量",既提示我们应该认真看待新时代的道德,也提示那扇过去的浪漫之门,再也不会开启……我回大陆后的第二年,她便获得了台湾最重要的文学奖——《联合报》文学奖。等我第三次去台湾时,她刚出版了《烤神仙》这本书。记得拿到书的当天,我已读得入迷。回大陆后,一个合乎情理的举动,就是向我认识的出版社同仁推荐,可惜没被接受。大陆许多出版社过于盯着当下的名家,导致和未来的名家擦肩而过。我敢断言,南京大学出版社就因为这本书,不仅深得我心,也将深得读者之心。

《烤神仙》这本书尽管故事续着故事,套着故事,但撼动人的主题只有一个:如何进入年迈父母的内心,去理解已精疲力竭的他们？蔡怡用她罕见的耐心，出色地完成了这样的心灵征途，令写作本身成了对父母的重新"发现"。她发现失智的父亲，无法使用筷子，为了维护个人形象，宁可不吃饭，也不愿当人面手抓食物吃。亏了她窥到父亲内心的这个尊严，找到了让父亲吃饭的办法——买来饼或包子或汉堡，留下父亲一人用手享用。《梭罗河畔》读到这里，我忘了这是她的父亲，已然也成了我的父亲，在这个不轻信情感的时代，蔡怡文章的移情力量于我，就如蔡怡的人格力量于文中的印尼保姆阿蒂，将我们这些局外人，都造就成了"父亲"的亲人，因一事的失落，和他一起忧，因一丝的改善，和他一起喜。我必须承认，这样的文章很难出自大陆人的笔下，我们的心因无信仰的激荡，早已变得硬、冷，少有人会把精力、爱，大把大把花在年迈的父母身上。我们永远只爱自己，这样的爱是不幸的，这是斩断一切源头的爱，我们忘了他人既是身体的源头，也是知识、智慧和幸福的源头。文中阿蒂脱口而出："假如爷爷没有你这女儿，怎么办呢？"也许在我们这里，问题应该变成："爷爷有你这女儿，怎么办呢？"在一个靠亲人养老已经失效，靠养老院养老又不靠谱的时代，"怎么办？"才是刺痛我们的不幸之问。我多少知道台湾社会是怎样解决这么多"怎么办？"的。蔡怡靠情感引路，把自己置身于传统，这是中国伦理提供的解决之道。我曾在台湾还看到宗教的解决之道：宗教慈善机构终生收养智障儿，只象征性向家属收取一点费用，所需资金和人员主要来自社会捐款和义工。据说每收养一个智障儿，就使一个家庭免于破产。宗教既致力于为人们的精神减压，也致力于减轻人们的生存压力。后者是大陆宗教尚没有做到或意识到的。感谢蔡怡的书，帮我们突显了这些问题。蔡怡书中的刘金娥，这个"父亲"忠心耿耿的大陆元配，她四十五年守着蔡家的痴情和善良，也许让当代人觉得她愚笨、好欺，但她无疑是儒家伦理的化身，我们用已经粗鄙化的当代伦理，注定无法企及她钟情的那种文明。我们的虚有其表，也由刘金娥的大陆侄子体现出来："父亲"晚年经常给刘金娥寄钱，以弥补对元配的亏欠，但"寄去的钱刘金娥无权支配，都被侄子拿去盖了房子、娶媳妇用了。所以晚年刘金娥的日子过得非常拮据，她去世前把唯一一件像样的棉袄送给姑姑。"（《两百里地的云和月》）这个细节再次证实了我们面临的现代性问题。侄子表面上十分聪明，挪用刘金娥的钱，盖房娶妻，有了生活之家，但他的心是空的，眼睛只被物质所吸引。怀着空心生活的人，到哪里都徒有一个家，是精神上的丧家之人，并不比丧家之犬处境好。相反，刘金娥的精神之家是实实在在的，哪怕她家徒四壁，心中却溢满对他人的爱。这两个人物之间的鸿沟，其实就是现在与过去的鸿沟，也是两种文明之间的鸿沟。蔡怡书中讲述的父亲、刘金娥、阿蒂、我、丈夫等，隶属与民国、古代相连的那种文明，是我们这些独剩智慧、情感陨落的人，望尘莫及的。蔡怡这本书的吸引力就在于，不仅从自己的生活中挖出了感情和伦理的乌金，也通过比较两种文明中的个人言行，令我们知道了当代问题的症结所在。

　　写父母这种题材，固然永远有吸引力，但也处处充满陷阱，一不小心，作者就会落入读者厌恶的俗套。蔡怡不止文笔饱含情感，也展现出对故事走向的良好控制力。比如，在《烤神仙》《梭罗河畔》《两百里地的云和月》《过年》《二十岁的父亲》《闪，年节》等文中，她不断采用首尾呼应的循环结构，这种结构也不断出现在文章的局部。这样的结构安排，当然来自诗歌押韵的变异，若用得好，可以赋予文章强烈的诗意和余味。显然，这样的诗意目的，已在《烤神仙》《梭罗河畔》等诸多文章中实现。从蔡怡的散文故事，还可以看到诸多延时解码的技巧，这是最早来自传统史诗的讲述策略，后被小说吸收发展，即先从故事的中途或最后讲起，为读者制造出一定的迷惑或悬念，再由后续的讲述，来满足读者的好奇心。有了对诗和小说故事技巧的吸收，于我们如甘露一般的情感，才会以蔡怡目前呈现的迷人样貌，强烈地吸引我们。

台湾的眷村一向盛产名家，如侯孝贤、杨德昌、李安、林青霞、邓丽君、张艾嘉、张大春、朱天文、朱天心、龙应台……数不胜数。蔡怡，这个写作上的迟到者，同样出自眷村，且出手不凡，我相信，她将来也会跻身眷村那一长串的名家之列。这篇序即将结束之际，获悉蔡怡的这本书又获得首届三毛散文奖，看来如我所言，她离名家的距离越来越近……

2017 年 4 月 29 日写于南京六合里

自 序
五十后的写作路

五十岁出头,我仍在芝麻街美语的总管理处厮杀奋斗,继续为已服务十五年的企业实践自己的教育理念,要把我认为正确的语言学习方式扎根于台湾这块土地上,并在竞争激烈的儿童美语教学市场走出条不同的路。

直到9·21、9·11等天灾人祸不断发生,提醒我人世的无常,让我体会除了眼前,我实在没有多少未来可以掌握,这才决心退出很挑战,但也很纷扰的权力中心,安静沉淀于电脑视窗前,为自己打开扇扇心扉,写下啃蚀自己多年、一直想写却没时间写的故事。

刚开始练笔时,听到某写作前辈引经据典地说:"若在五十五岁前还没写出甚么代表作,这一生也就写不出什么好作品了。"乍听此言,备受打击,因为我可是离五十五岁不远才要开始写作的人啊。但继而一想,我的写作纯粹是为自己曾走过的人生留下雪泥鸿爪,让生命不要留白,既不求名,亦不为利,前辈之言论,于我有何哉? 于是不为其言所动,而专心写作,没想到几年下来,还屡获文学奖项的肯定。

写作之初,并不顺利,情绪虽多,但写出来的多零碎不成章;为沿用适当的词汇或成语,经常搜肠索肚遍寻不着;出身中文系的我要引段诗词,翻遍整本唐诗、宋词,还抓不到记忆中模糊的意境;以前的满腹经纶,不知被岁月封存到存储器哪些加密的档案里了,怎么都打不开、拿不出。懊恼万分之余,在各种文艺讲座中学到,台湾文学界早就不流行"掉书袋""用成语"了,甚至连我认为最贴切的形容词,都成为偷懒的"便利贴"。写作要用独特、创新且有个人风格之笔来叙事描写,这种写作不正符合记忆力逐渐减退的我嘛!

为了写专栏,书写成了生活的一部分,写作讲究组织文句,合乎逻辑;用字遣词要琢磨精准,避免语意不明,混淆读者。这些要求无形中激荡我的思绪,连讲话时,都习惯性地把人、事、物,时间、地点,前后交待得有条理,因此沟通能力不因年纪增长而退化;又因加入台北市妇女阅读写作协会而广交文友,走入群众,这都是写作带来的意外收获。

为了写故事,在自己的记忆百宝箱中努力挖掘题材,才发现原来自己走过的人生路相当长远、曲折,又饶有趣味。过去在异乡、故乡、中文、英文世界,来回穿梭的轨迹,拓展了自己的视野,更肥沃了创作之田。若不是为了写作搜寻,前尘往事早就被打包成压缩档,淹没于脑海的深层角落了,因此才发现原来沧桑悲悯之情怀,是下笔最深刻的泉源;经过淬炼之人生,更是写作最滋养的成分。

因为书写,一再回顾自己的人生,省视自己的成长,某些伤痕、懊恼、误会、心结,某些无法重来的过往,无法弥补的错失,在真实的描述与想象中,被反覆模拟、修改,让多少遗憾与不舍,都在笔尖来来回回的缝补下,抚慰了、愈合了、弭平了、消融了,只剩下无穷的思念。

失去父母成了天地孤雏,我才领悟他们在我人生无形与有形的时间、空间里,占了多重的分量,一旦失去这几十年的情缘牵绊,留下的黑洞该如何填补?

于是我的一支笔围绕在他们身边,而他们也就永远活现在我眼前了。

和失智的父亲朝夕相处他人生最后的五年岁月,让我近距离观看原本并不想知道的老病死亡,目睹他的灵魂与肉体之舟,搁浅、停滞于生命之河,方知死亡不可怕,可怕的是老病的折磨。生死悲歌虽千古传唱,但谁都没有准备好它的来临,我只知道书写可以传真我的余痛。

写作是终生适用的一技之长,它填满我心灵、生活的所有夹缝,让我忘却父母远去、儿女成长的失落。我看似窝在有限的电脑桌前,过着自处的孤独日子,其实内心正展翅翱翔于写作特有的想象无限,享受着澎湃万千,又澄静如水的清明人生。

这本书不仅写亲情与成长,也提出老化社会的残忍。我分享走过的荆棘、跨过的无奈,但最终要挖掘人性亮光,那是爱、慈悲与感恩。愿这本书是一面镜子,它既映照作者,也映照读者;它不但洗涤、抚慰了作者的心灵,也能洗涤、抚慰所有读者的心灵。

　　我要特别感谢身兼诗人、小说家，又著作等身的南京理工大学黄梵教授为我写中文简体字版推荐序。他是台湾最有读者缘的大陆诗人。2011年透过耕莘文教院小说班，和黄教授在台北结缘。之后几年，他目睹我在写作路上的勤勉耕耘与收获，也深深了解我用一支笔探索父母内心，重新发现不一样父母的迢迢之路。

　　写作路上最初的恩人是汪咏黛老师，她一路提携指引，不惜燃烧自己来照亮我的写作路，不吝分享她的艺文善缘，为我开启直通之门。多年来我们的私塾课，谈的岂止是文章，还有两性相处、父母病痛与儿女纠心。我们上的是生命课程。

　　另一位恩师是吴钧尧老师，感谢他的熏陶，带领我踏入文学的新境界，学会将熟知多年的联想、譬喻、时空交错等巧思，栽植于自己的文章中，让我发现写作的领域可以这样宽广又绚丽迷人。

　　当然更要感谢全力支持我发展写作的老公李志德先生，没有他的包容，没有今日新书的出版。

　　《烤神仙》里有许多属于父亲、属于两岸的故事，父亲毕业于南京大学的前身中央大学。如今，此书被南京大学出版社相中出版，怎能说冥冥中没有上天的安排？我低头感恩。沈卫娟责编用心编辑，来回沟通，让此书能以最完美的形式呈现。对她的努力，我感动又敬佩。

　　因为这些恩与缘，我会在写作这方田里，怡然自在地持续耕耘。

辑一　情　深

烤神仙

　　我坐在父亲的病床边，抚摸着他那双白不见经络但布满老人斑的双手，细细端详着他插着鼻胃管、氧气管一直昏睡不醒的脸孔。病房里的空气凝滞不前，就像父亲的生命一般凝滞着，时间被锁在过去与未来的缝隙，也停滞不动了。为了找一个出口，抑或制造一点看得见或看不见的流动，我轻轻哼起《奇异恩典》，这是当年他和母亲"谢饭"的曲子。那时我刚退出职场，经常带着一抹骄阳与几碟他们爱吃的小菜，与他们共进午餐。未进食前，他们先闭目唱歌，以代替低头祷告，谦卑地唱出凡尘对神的仰赖与感恩。

　　母亲在世时，因她一贯的强势，我心目中的父亲是个沉默寡言，永远赔着笑脸、没有自我、没有声音的影子。但母亲往生后，我和先生把父亲接到家里来照顾，这才发现一个完全不同的父亲——爱讲故事的父亲。

　　不过父亲讲的故事，年代随着时日往前移，逐步以倒退方式进行。五年前的夏日，在树梢第一声蝉鸣中，他爱讲十六岁时因为抗日战争而离开农村,跟着学校看遍大江南北,由中学念到大学的辉煌岁月;这同时也是造成他永别家乡父母,一生无法团圆,让他痛得刺骨椎心的烽火岁月。

这段父亲人生旅途中最重要的转折,居然没多久就在他脑细胞的逐一死亡下,几经翻腾,彻底消失了。

接下来,他就只记得十岁在老家西门外的枣树园里抓"神仙",拿回家烤着吃、烧着吃的欢欣。我问他:"什么是神仙?"他很讶异地回答:"神仙就是蝉的幼虫,你都不懂吗?"从来不知道老家有果园的我,好奇地追问:"枣园有多大啊?""有三行,每行有六棵枣树,夏天傍晚时分,油滋滋的神仙就都从土里爬到树干上。我眼尖,一次能抓上十几只。"

我随着父亲精彩的描述,想象包覆在土里,度过漫长岁月的神仙,还没有挣开它的壳,在耐心等待雷的启示或节气的更换。黑暗中,悠悠地,它终于听到属于它的呼唤,于是从较松软的地洞冒出头来,缓慢爬上枣树干,用如针般的嘴刺,汲取清新可口的绿树汁。它听到孩童的嬉闹声,想与他们共戏,没料到自己尚未羽化的身躯,会成为布施的祭品。我那才十岁左右的父亲,万分欣喜地找到众神赐下的补养品,从地上、从树上,一一捉住它们,高兴地跑回厨房里生着柴火的炉灶边,挤在正忙着蒸红枣发糕的奶奶身旁,烤神仙。

那股油香味,在蒸气氤氲的厨房里盘旋回转,久久不散。

不知道父亲烤的是神仙,还是人间烟火?

接着,父亲退化成了七岁小孩,在土造的城墙上跟着打更的人巡逻,他不怕摔,因为城墙有一米多宽;他还在家门口供牲口喝水的大水塘里游泳。我问:"谁教你游泳啊?""哪还用教?看看人家怎么游,不就会了吗?"

游泳有这么简单吗?我打开记忆之窗,依稀看见多少年前,在东港大鹏湾泳池边的情景,父亲耐心地教我:"双手往前推,双脚赶快配合往后踢,蛙式就是这么简单。"傍晚的夕阳余晖让泳池的水面闪着粼粼金光,映照着父亲那张年轻英俊的脸庞,我搂着他的脖子撒娇地说:"我就是学不会嘛,再教我一次。"

父亲说故事有固定的模式,说完了夏天在"大坑"里游泳,接着他一定会说:"大坑冬天水结冰后,可以在上面打滑。"我听不懂他的土话打滑,让他愣了好一会儿,然后结结巴巴、比手画脚地解释:"就是跑——跑——跑——,嗤——嗤——嗤——。"

父亲的一生似乎也就这样从大坑的冰面上,"嗤——"的一声快速溜滑了过去,了无痕迹。

当烤神仙、溜冰等回忆也从他的记忆体整个删除之后,他爱谈论去他姥姥家快乐过年的岁月。他说姥姥家可大了,占了整个张家村子的一半。"我有六个舅舅啊!"父亲一再反复地说,就怕我不懂拥有六个舅舅的幸福,脸上露出三岁娃娃才有的天真与欢愉。我猜父亲去他姥姥家过年的时候,只有三四岁吧。于是,我俩开始用娃娃音说娃娃话,像是一对姐弟,一对说好不拆穿彼此谎言的我们,敲打桌子,学公鸡叫,还一起咿咿呀呀地哼儿歌,那"胡说话、话说胡"的颠倒歌就是我跟父亲的最爱。

"张三吃了李四饱,撑得王五沿街跑……"我背得滚瓜烂熟,因为三岁时就常被父母推到叔叔、阿姨跟前炫耀展演。时光流转,教会我、炫耀我的父亲老矣,轮到我唱"颠倒歌"给父亲听。歌名依稀就是一种古老的预言?早早预言了天下人父与人子的关系,行到最后,终将颠倒?

一年多前,父亲成了不到一岁的小婴儿:不会走路,我请他坐轮椅,他先摸摸上衣口袋,怯生生地问我:"坐这车子要花钱吗?"他大小便失禁,但不肯穿尿布,我哄着他说:"这是今年最新款的内裤,好漂亮啊。"他坚称自己不饿、不肯吃饭来遮掩忘记如何夹菜的窘境。我买牛肉大饼、菜肉包放在他眼前,然后躲在门后,偷偷看他用两手抓着食物大口大口咬着吃,好香、好满足的模样。

随着他灵魂的远去,他对我的称呼也由五年前"亲爱的女儿"变成"大姐""妈妈"。想必他的眼神早已穿透我的躯体,望着不同时空里,他至亲,但十六岁之后就无缘相聚的姐姐;以及他至爱,但却终生未能尽孝的母亲。那个到了晚年,天天拿个小板凳坐在村庄门口,来回张望的母亲?那个企盼娇儿骑着农村还很少见的单车像风一样停在她面前,说"娘,我下学了"的母亲?那个终其一生,未能等到大时代捉弄的独生子回乡,含恨而去的母亲?

最后,父亲在病魔肆虐下只能困惑地、冷漠地望着完全陌生的我。

如今,躺在病床上的他,因为心肺衰竭,更成了洗去所有印记,没有任何反应的一张白纸。在他那张白纸上,我最后曾经被写下的任何一种身份,都让我悲伤惆怅。

我和兄弟一遍又一遍地吟唱《奇异恩典》,并咀嚼医生的叮嘱:"老先生就剩今晚了……"面对生死拔河,我卑微无奈,只能就着病房黯淡的白色灯光,贪恋地看着他即将走入生命终点却依旧清秀的脸庞,上面刻着的不是岁月的痕迹,而是一条条爱的纹路与我俩今世不舍的情缘……

玉坛子上嵌着父亲八十岁生日时还神采奕奕的照片。我和家人把它安放于母亲身边的空格子里,深深跪拜后,我决心追随他的魂梦,造访他生前反复勾勒、多年想回却一直回不去的老家,去体验他的痛,去触摸他永远触摸不到的乡情。

到了蔡家庄,我找不到可以打更的城墙,西门自是不见影踪;枣树已被砍光,而"神仙"都长了翅膀飞走了;我踩在种着大片棉花已不再属于我们的农地,空想当年父亲帮爷爷收割小麦的情景……

三合院门外的"大坑"已干涸见底了,没有牲口饮水,没有小孩游泳;冬天,想当然也不能溜冰打滑了……

我急着按下相机的快门,但再快,也无法捕捉父亲儿时的村落样貌,它已自人间消失。父亲最爱炫耀的"用红砖打造,有十个人住"的祖厝,只剩断垣颓舍,黄花满墙,争着在夕阳微风中,悲切地诉说屋主的故事。

原来,父亲把栽植在他生命里最珍贵、最美丽的人生记忆,从十六岁到三岁,用倒叙的方式托付给我了。这是他生前给我的最后一笔爱的馈赠。

我站在祖厝及膝的荒草前，侧耳聆听大地的声音，有野雁聒噪横空而过，有秋蝉最后的嘶喊。迎着晚风，我深深地吸口气，想闻出当年厨房炉灶边父亲烤神仙的油香味，但它依风远遁，到一个我进不了的世界。父亲如神仙，等到了大地的召唤，挣脱了他的壳，快乐羽化在那儿的枣树边。

神仙应不再被烤了……

——第三十四届《联合报》文学奖散文组大奖

梭罗河畔

Bangawan Solo, Riwayatmu ini...

正在替父亲洗脸、梳头的印尼看护阿蒂迎着朝阳轻轻哼着歌，她的矮小身材，甜美歌声，以及脸上柔和的线条，搭配父亲那满头银发与憨憨的笑容，刻画出一幅让我心醉的祖孙图。

她这旋律似曾听过，不就是早已翻译成中文的《梭罗河畔》？

　　梭罗河畔，月色正朦胧，无论离你多远，总令人颠倒魂梦……

印尼人一定是有音乐细胞，又有语言天分的种族，不然，来台湾的看护只不过接受短期的训练，怎么个个都能讲上一口中文？

记得第一天去中介公司接年纪不到四十岁来自东爪哇的阿蒂，我忧心忡忡地问中介："照顾失智的病人很费神，她会不会中途逃跑？"中介还来不及回答，阿蒂马上睁着她那乌黑的大眼睛，抢先回答："太太，我是来好好工作赚钱的，不会逃跑！"她的中文四声虽不够标准，但已足够让我感受到她那颗认真、诚实的心。

失智的父亲找不到回家的路，不记得任何家人的电话号码，却常常想往外跑。我找出一本当年父亲、母亲去教会常用的诗歌本，让父亲在家唱歌打发时间。

诗歌本内页满满都是父亲当年的笔迹，但他已完全想不起自己的记号，而母亲又住进天国，我无人可问，只有猜想那打着三颗星号的《荣耀主》，八成是父亲当年很会唱的一首赞美诗，就自己按着简谱练练看，没想到才唱几遍，呆坐在一旁的父亲开始有反应了。他还记得曲调！我赶紧把歌本放在他眼前，让他看着歌词一起唱。

唱着唱着，厨房里忙着炊事的阿蒂，竟然也跟着哼起来，而且音调奇准，我兴奋无比地跑进厨房："阿蒂，你好神奇！听两遍就会唱，以后我不在家时，你可以陪爷爷唱啰！"

阿蒂微笑着："太太，你要教我歌词，我会用印尼拼音拼出发音来。"

就这样，虔诚信奉伊斯兰教、从不吃猪肉、每晚拜阿拉的阿蒂，用她美妙的歌声和我们一起赞美主耶稣基督的恩典，她还安慰我说："我为了救爷爷的头脑嘛，唱唱耶稣歌没有关系，你放心。"

从此以后，经常在我急着要出门时，阿蒂会追出来问："太太，你昨天和爷爷唱的新歌还没教我呢，待会我怎么陪爷爷唱？

这样爷爷会很无聊喔！"

主人不在家，看护不是正好可以少做点事，轻松一下？她怎么还追出来讨工作？原本只是为工作赚钱的阿蒂，越来越真心关爱父亲了，我感动得抱着阿蒂说："谢谢你，等我办完事回家后，第一件事就教你。"

诗歌唱多了，我开始回忆学生时代在音乐课上的歌，猜父亲应该都听过，总会有些印象；于是我搬出《满江红》《苏武牧羊》这些好久都没人再唱的古调。没想到父亲的脑细胞虽然逐渐死亡，但在每天饭后一小时的反复练习下，居然也能朗朗上口，真是意外的收获。

只是看着皮肤黝黑的阿蒂，陪坐在父亲身旁，拿着她的笔记本，佶屈聱牙地唱："喝印雪，鸡炖蛋，叶母夜孤眠……"时，我总忍不住红着眼眶激动得拿起照相机，捕捉我要恒久珍藏、不可忘恩的镜头。

最令我笑中带泪的是已分不清中国人、外国人的父亲，指着"时听胡笳，入耳心痛酸"几个中文字，诧异地问阿蒂："你不是中国人吗？为什么都念不对？"

退化到一个阶段之后，父亲嘴里永远哼着他自己的调子："得儿得儿答、得儿得儿答……"像是评剧中的二簧快板，除了吃饭、睡觉之外，所有时间都停不下来，阿蒂担心他这样会太累，试了各种方法阻止他都无效，也就欣然接受。

每天下午，阿蒂把睡醒午觉、吃过点心，坐在轮椅上嘴里嗡个不停的父亲推出去兜风、晒太阳，每次回来，阿蒂总是把头抬得高高、无限骄傲地说:"全公园的人都说我照顾的爷爷最干净、最漂亮、最会唱歌!"

不过,他俩每次出门不到十五分钟一定回家,因为:"爷爷不喜欢我和别人聊天,只要我注意他。"当所有的看护都在和同胞叙乡情时,阿蒂却为了父亲毫不考虑地牺牲自己。

纵使阿蒂用心照顾,两年多后的父亲还是出现各种状况,如每到开饭时他就开始找各种理由,如"我不饿""我没钱"来逃避同桌吃饭。阿蒂很纳闷,也很焦虑,找我商量变换各种座位方式,到最后我才恍然大悟,父亲是忘记怎么用碗筷吃饭,他为了遮掩挫折与被喂食的羞辱,宁可不吃。

我思索了好久才想出办法,安排他个人的吃饭时间与独享菜单,如肉包、馅饼、鳕鱼堡,让他像两三岁的小娃儿,直接用双手拿着,大口大口吃,这样他既可以享受美食,又不必担心形象。

和我一起躲在厨房观察的阿蒂,看着父亲吃得好香好香的模样,纠结的心终于放下,脱口而出:"假如爷爷没有你这女儿,怎么办呢?"我拉着阿蒂的手,诚挚地说:"假如父亲没有阿蒂,我才真不知道怎么办呢!"

处处有阿蒂帮忙的三年时光,在不知不觉中度过,我接到劳工主管部门有如晴天霹雳的通知,阿蒂回国时间已到,而且永远不能再回台湾。

在照顾失智父亲的漫长岁月里,我是条惊涛骇浪中失去方向的小船,正在横渡暗无天日的茫茫大海,而阿蒂是在我挣扎中唯一协助我向前的灯塔,是我唯一的亲人与依靠,我怎能失去她？

几经打听才知道在照顾父亲之前，阿蒂已经在台湾工作过一段时间，按规定她的年限已到。无力和制度抗衡的我，只有眼睁睁地看着比至亲还亲的阿蒂在湿冷的黄昏打包行李离去，留下愣在一旁的父亲。而我，只觉这个家，是更荒芜了。

阿蒂走后，虽然有位新人来代替，但她的态度大不同，父亲不能接受，他天天躲在床上昏睡，逃避新人。

第二个礼拜，时空错乱的父亲，以为阿蒂只是出去买菜，去清真寺拜拜，一会儿就会回来，就坚持坐在客厅的轮椅上，不吃不喝，静静地等，等，等到夜幕低垂……

等到第三个礼拜的某一天，父亲忽然用尽全身力气从轮椅上站了起来，吓得我一个箭步上前搀扶他，没想到他力气大得惊人，拖着我往厨房移动。进了厨房后，他焦虑地东张西望，找人，然后一瘸一拐地走到阿蒂房间，望着那空荡荡的床，呆立良久，似乎停格于某个时光隧道……

然后，他慢慢转过身来，像迷路的小孩，惶恐地拉着我的手，用完全不认识我的口气恳求："小姐，你……你认识我的家人吧？求你送我回家！求你！"

我紧紧搂住父亲，任眼泪不停地流着，阿蒂那如天使般的歌声在耳边回旋：

Bengawan Solo, Riwayatmu ini...

——第六届怀恩文学奖社会组首奖

两百里地的云和月

到了晚年，父亲痴了，憨了。他什么都忘了。

他总是问我："女儿啊，我是哪一年到台湾来的？我是怎么来的？"

但是，他却从来不忘记责备自己，在 1948 年初没有回老家。他总是呆望着天空，喃喃自语：

"1948 年年初，我到了济南，离老家聊城就只有二百里地，为什么……为什么……我没进去看看哪？"

抗日战争时期在外地流亡十年一直没回过家的父亲，为什么来到聊城门口的济南没见到父母呢？从小到大我听父亲一再地解释，所得到的答案是抗战胜利不久，聊城就被共产党军队包围了。经过一年多的时间，聊城被共产党军队解放，开始清算地主、分配土地，所以曾去四川念书被列为"重庆分子"的父亲，若返乡会带给他父母更多的灾难。

正在他犹豫不决时，传来胶济铁路即将被共产党军队拦腰切断的消息，再拖延他将回不了青岛——那儿有他的工作，还有他热恋中的我母亲。因此他一步一回头地跳上了回青岛的火车，以为改天可以再回来看他的父母。

谁知道，谁知道，这一错过，竟成永别。他随后跟着国民党军队来到台湾，从此没再见过父母一面，造成他一生锥心的痛。

这是我所知道的原因。但三年前，我把父亲山东聊城老家里唯一活着的亲人，我的姑姑，接来台湾后，才知道故事还有另外的版本。

姑姑说，父亲当年没见到父母家人，还有一个我们从来不知道的因素，是父亲不知如何处理、如何面对一个他并不爱的乡下元配刘金娥。

父亲是两代单传的独子，所以在十四岁时，父母就做主替他娶了年纪比他大好多又不识字的妻子刘金娥。父亲并不想接受这样的安排，但温顺的他只有借求学念书之故，一直在外地住宿来逃避刘金娥。抗日战争爆发，父亲流亡大江南北，没机会再回家了。

抗战胜利后，父亲滞留在青岛女中教书，在那儿他认识了在教务处工作的一位新女性，我的母亲。他们一起打乒乓球，一起谈诗、论词，因为年龄相近、兴趣相投，两人的感情迅速发展成熟。所以，父亲在1948年兼程由青岛赶去济南，打算回乡禀告父母，他想和母亲结婚的打算。谁知才到济南，有位堂兄专程从聊城送口信来，说家里的田产、糊口的工具全部被充公，以后的日子怎么过，老人家完全没把握，想把媳妇刘金娥送到济南,请父亲趁天下尚未大乱时,把她带在身边,这样才算对已经守了多年活寡的刘金娥有个交代。

事情的发展完全出乎父亲的预料,本性温和善良但有些懦弱又怕麻烦的父亲,不敢违背父母旨意,又不愿接纳刘金娥,在仓促间选择踏上回青岛的火车,想先拖延一下,再慢慢考虑刘金娥的问题。

谁都没想到,他这个在兵荒马乱、烟尘弥漫的情况下做的决定,造成大家终生的遗憾。

父亲离开家乡后不到两年,姑姑就嫁作人妇离开自己的娘家,娘家父母只有靠刘金娥来伺候、照顾了。

在人民公社制度下,爷爷奶奶与刘金娥都住在人民公社里。1964年,爷爷因严重胃出血,咽不下公家配给的杂粮,在食堂里工作的刘金娥就偷了一大瓢白米饭,用报纸包着放在怀里,趁午休时跑两里路回家孝敬爷爷。她这一跑就是五年,直到1969年爷爷去世为止。爷爷没见着几代单传的独子,死时不能瞑目。

70年代,大陆农村长年旱灾,简直没东西吃了,姑姑因为有台湾关系,成分不好,又连生了五个女娃儿,遭夫家嫌弃,把她给休了以划清界限。过年时,她带着五个孩子回娘家。刘金娥看到一群小蝗虫来,吓得赶快把为奶奶做的几个白面馒头装到布袋里,高高升起,挂在屋梁上,让姑姑那群小孩,谁都拿不到,只有干瞪眼的份儿。刘金娥把我们的奶奶视为她的亲娘,永远摆在第一位。

1979年奶奶咽气前,一直相信她的独子还活着,千叮咛万嘱咐,要刘金娥一定得守在蔡家等我父亲回来。其实不需要奶奶叮嘱,在蔡家已经四十五年的刘金娥,压根儿就没打算再迈出蔡家大门一步。

爷爷、奶奶都死了后,刘金娥因为没有一儿半女,晚年就更凄凉,跟着一个侄子,过起寄人篱下的日子。

后来父亲虽然暗地里经常寄钱给她,以弥补多年对她的亏欠,但姑姑说,寄去的钱刘金娥无权支配,都被侄子拿去盖房子、娶媳妇用了。所以晚年刘金娥的日子过得非常拮据,她去世前把唯一一件像样的棉袄送给姑姑。姑姑在袖口里发现有个暗袋,里面藏着刘金娥一生最后的一点私房钱,才不过数百元人民币,但她瞒着身边的人,把这最后一点心意,留给夫家唯一的亲人,我们的姑姑。

"这个对我们蔡家贡献最大的女人,就这样默默地结束了她的一生!"

姑姑给我看一张照片,是我们以前的祖坟陵地。我看到零散的土丘在一片麦田里,其中一个在爷爷、奶奶坟脚下比较新的小丘,有泥土做的小墓碑,上面歪歪斜斜地刻着"刘金娥"三个字,好像诉说着她那无依无靠、孤孤单单的一生。

对我而言,刘金娥本是个陌生的女人,但听完姑姑的描述,我默坐一旁,说不出话来,任眼泪流了再流,任内心一再地呼唤:"大娘啊!大娘啊!"

不知道坐在一旁的父亲,有没有听懂姑姑的故事?只见他呆望着天空,喃喃自语:"1948年,我去了济南,离老家聊城就只有两百里地,为什么……为什么……我没进去看看哪?"

——第五届怀恩文学奖两代组首奖

木头人与空碗

1979 年，当铁幕刚刚开放不久，住在美国的我，就兴冲冲地想帮父亲找他失散了四十三年的家人。对我这个念头，一向被母亲讥为木头人的父亲，反应不够热烈，只木木地回应："别麻烦了，让他们永远活在我心中吧……"紧接着他在越洋电话中长叹一声，就不再言语了。我猜他又是眼神好遥远好飘忽地望着无际的天空……

父亲说他在十六岁时，也就是在 1937 年"七七事变"发生后，跟着学校离开老家山东聊城，做起流亡学生，以后就再也没回过家见过父母。

"胜利后，你怎么不赶快回家呢？"听故事的我摇着父亲问。

父亲回说："我正在沙坪坝中央大学念大四，要先去南京校本部把书念完呀！"

"那念完书后就赶快回家啊？"我焦急地说。

"唉！谁知那时家乡成了个名词，回不去啦！"父亲继续说故事。

"1946年秋天,我一到了山东青岛,就焦急地打听聊城的消息。但因共产党军队早已围城了,所以家乡根本就无消息传出来。到了1947年底,听说国民党军队已经弃守,有位堂兄从聊城逃到济南,我就兼程由青岛赶去济南会面。这堂兄劝我先别急着回去,因我去过重庆,恐会拖累家人。所以望着近在咫尺的聊城,我不知如何是好!就在此时,胶济铁路即将被共产党军队拦腰切断,再耽搁就回不了青岛。当时真是恨得我捶胸顿足、扼腕兴叹!但也只有一步一回头地上了回青岛的火车。"

"那后来呢?"我急急追问着父亲。

"后来……谁料得到当时的国民党军队会兵败如山倒?后来……不就和你妈逃到台湾来,就再也回不去啦!"

故事就说到这儿,父亲长叹一声,不再言语了。他,眼神好遥远好飘忽地望着无际的天空……

虽然父亲不再言语了,我却在他的眼神中,读到他因一时犹豫所造成的锥心蚀骨的痛与自责。所以打那时起,我就暗暗决心将来要帮父亲找他的家人。

1981年,我不顾父亲的木然,悄悄地托人在山东聊城登起寻人启事。

刚开始登报,我也没抱太大的希望,谁知半年后就收到了一封山东聊城蔡庄寄来的信,我拆信的手哆哆嗦嗦地抖个不停……

信上捎来天大的好消息,说爷爷奶奶还活着,要父亲尽速回乡见上一面。我正要狂喜狂喊时，不经意瞄到信尾这自称是父亲堂侄儿的蔡宝意写的一行小字：我们这位堂叔本名应是蔡宝光，在家里还有一位等了他快一辈子的媳妇刘金娥……

看到这儿，我几乎不敢相信自己的眼睛，全身起鸡皮疙瘩，更好似有无数的电流通过，上下不停地颤抖……颤抖……

这么多年来，我终于明白为什么每次提起爷爷奶奶，父亲总是沉默不语、怅然长叹的原因；也终于明白母亲总是讥讽父亲是一个字儿也蹦不出来的"木头人"的苦闷。这少小离家老大不回的痛，加上隐瞒曾做小丈夫的苦，几十年来就像石磨般一再地蹂躏着父亲的心，也难怪他被折磨成木头人哪！

这封家书，让父亲背上对婚姻不忠的原罪，让母亲在一夕之间成了小娘，让父母原本不和的婚姻掀起了滔天巨浪。我望着那全心期待但却闯了大祸的家书，不知心中该怨谁。

一直发飙了一百多天的母亲终于安静下来。到底1948年初，父亲来到自家门口却没有进去，除了逃避内战，也是逃一个他不要的婚姻！对婚姻，他早做了抉择，聪明的母亲该明白吧！

于是我劝父亲赶快经美国转赴大陆探亲。但因台湾当局的严厉警告，父亲坚持不敢走这条险路。我们也只有眼巴巴地等到1987年，台湾当局终于开放两岸观光了，这才急吼吼地经香港、北京直奔山东聊城蔡庄。

当一群小辈簇拥出来一位满面风霜、双脚被缠过又解放，走起路来巍巍颤颤、看起来比父亲大上十岁的乡下农妇时，父亲完全不认人地问："你是谁啊?"那农妇沙哑着声,有些腼腆地说："我是刘金娥啊!"父亲愣了一下,先看了母亲一眼,然后焦急地问她:"咱父亲母亲还活着吗?"刘金娥不答话,请大家走进屋里,往前一指,赫然两张遗像摆在供桌上。奇怪的是供桌上还放着一个早就被岁月洗褪了釉的空碗。

蔡庄的人是怕父亲不回来,撒下漫天大谎。原来爷爷早在二十年前就过世了,而奶奶是在1981年才撒手人寰的。刘金娥说:"我们娘⋯⋯"她怯生生地看了眼母亲,改口说:"你娘生前每次开饭,都要放这个空碗在桌上,说这碗是你当年,也就是你十六岁那年,有个夜里,突然由学校回来,喝了碗小米粥的碗。你这一去就像断了线的风筝,完全没了音信。但你娘一直相信你还活着,她说你一定会活着回来看她的⋯⋯"我大妈,一面擦眼泪,一面指着供桌上和爷爷奶奶一起痴痴地等着父亲的那个空碗!

一向言语不多的木头人父亲,终于在那一个似曾相识的空碗面前完全崩溃了。他那忍了五十年的乡愁家恨,他那藏在心中五十年的自责与痛苦,终于像决了堤的黄河,一发不可收拾,只见他双腿慢慢跪了下来,望着他父母的遗像,号啕大哭⋯⋯

在我听来,父亲的哭声不是哭声,而是心灵深处那从未愈合的伤口,惨遭撕裂所发出的最痛苦的哀号,是对大时代的操纵、小人物的无奈、自己的懦弱,所发出的最愤怒的呐喊!但是无论他怎样呐喊,又怎能唤回那五十年的岁月?那倚门而待日日期盼的双眸，还有那两个心灵被扭曲的女人的青春？父亲心中的痛，是永远……也拔不出来了。

——《"中国时报"》人间副刊"流离记忆家书征文"佳作

玉米田里的大团圆

"女儿,我要回老家蔡庄的三合院去住了,你送我回去吧!"

住在台北我家,高龄已快九十的父亲,吵着要搬回他小时候和爷爷、奶奶住过十六年,如今已超过百年历史的祖厝三合院。

父亲不知道去年我代替他回过一次老家,为爷爷、奶奶修坟。彼时,我刚重新联络上在大陆的姑姑与她的女儿,随后他们寄来一张清明扫墓的照片,照片后面标记:这就是你爷爷、奶奶的坟墓。

我一阵眼热泪流。爷爷、奶奶的坟地怎么就像两个被谁遗落在一片麦田里的土馒头?馒头顶或许承受太多雨露,有个凹槽,像是朝天痴痴凝望的眼睛,等待粗心的主人将他们捡拾回家;又像是无语问苍天的嘴:一生勤勉劳苦,供养独子在外地读书,何以落得如此悲凉下场?

我打开抽屉,找出父亲失智后我接管的家谱,小心翼翼翻开那红色绸子封面,一页一页细读族谱记载:父亲先祖于明朝万历年间,由山西洪洞县迁徙至山东聊城的蔡庄落户,世代耕读,到父亲这一辈已是十四代。村子外东南角有五个相连的祖先陵地,古柏参天,保存完整。这不仅是族谱上的记载,更是父亲心中一直保持的美好印象。

姑姑后来才说,1949年之后,先祖坟地或被征收修公路,或成为别人家的农地。所幸爷爷、奶奶生前积德,好心的农地主人,特别绕着他俩坟头四周栽植农作物,留出一小块空地,方便姑姑家人祭拜。

爷爷、奶奶那土馒头堆仰首凝望或问天的视线,会被暮春如剑鞘的麦秸切断,会被盛夏浓密的棉花绿叶淹没,而失智多年的父亲已无法回应爷爷、奶奶的痴望与等待。于是,我和兄弟决心代替父亲返乡,为爷爷、奶奶修坟,并高高竖起从马路边就看得见的黑色花岗岩墓碑,大大地写上爷爷、奶奶的名字,要我们深深记住,更要将来年代变迁、农地易主时,也断不了我们后代子孙寻根、祭祖之路。

就在修坟、立碑之后,表妹们特别带我们去看祖厝,那从父亲口里一再涓涓滴滴为我描述的、用红砖砌造,有东、西、南与堂屋合成的三合院。父亲是三代单传的独子,最得他奶奶的疼爱,小时候都睡在堂屋里奶奶的暖炕上。

表妹们推开尘封已久、斑驳不堪的木门刹那,我有种要揭露沉睡百年的历史,要替父亲重温他内心深处最美好回忆的悸动……

大门呀的一声开了,但,什么屋舍都没有,只见及膝的荒烟蔓草映照于千年不变的夕阳里,我心版上被父亲一再勾勒的深刻印象,怎么竟如沙漠中的海市蜃楼,消失无踪?

难道父亲对我撒下漫天大谎?难道三合院是时空错乱的父亲编的神话?表妹们摇头,诉说爷爷、奶奶相继去世后,断了香火,祖厝被其他亲戚霸占,后因多年无人居住、维修,房舍陆续倒塌。他们指着只剩半间的南屋内,泥锈不分的农具,说这是爷爷、奶奶亲手操作过的谋生工具,是唯一的遗物了。

而目前,住在台北舒适大厦里的老父亲,却坚持要搬回这间废墟!我该如何启齿,告知他错过的人生无法倒带,他回不去了,只能停留在他自己冻结储存的时空里与爷爷、奶奶团聚。

现在,时光因他的回忆而解冻了,他为难地说:"女儿,我很老了,一定要回去,要在祖先的陵地,我爹娘的身边等着——啊,免得将来给你添麻烦。"

我一阵鼻酸,痛心父亲的失智为何如此不"均匀",有些事他忘得一干二净,有些事他偏要记得。我不知该如何告诉他,在温暖的宝岛安居六十年,已快九十岁的他,即使老家有地方住,他也无法再适应农村的居住条件了。但多说无益,我只能迂回、支吾地回答:"爸爸,别再说了,我什么都懂,什么都明白,您放心,将来……将来……"我顿了一下,"一定带您回去。"

同样的话父亲提了一千遍,我也就许了他一千遍,虽然我完全不知该如何履行承诺。

2010年7月,父亲在昏迷中安详地去世了,临走前几天,他突然张开眼睛说:"我去了一趟蔡庄,看见爹娘了呀。"圈圈笑纹荡漾在他苍白的脸上，久久不散。

我和兄弟将他的骨灰坛安置于五指山忠灵殿母亲的旁边，父亲少小离家、老大不能回的颠沛人生就此自人间消失。但我这些年来对父亲一再的承诺可不能就此消失。

于是，我将父亲几张相片及毛发、指甲火化后，放入精致的檀木箱，亲自带去山东聊城蔡庄，让他身后能叶落归根，与他父母团圆。

所幸老家有位远房堂兄，还留在农村里，全靠他事先安排、联络与跑腿，得到农地主人的同意，再拨一块空地安顿父亲。

农村的远亲近邻都是父亲堂兄弟姐妹的后代，很乐意参与这远从台湾来的"蔡庄人"的"回家"仪式。大表姐从东北中苏边界的伊春，坐了四十多小时火车来，其他人有坐马车、驴车、农业用三轮机动车而来的，浩浩荡荡地来了七十多人，对照在台北我们为父亲办的追思礼拜，只邀请二十人，我深深感动于村民的热忱。

祖先的陵地，现在正是玉米要收成的时候，多亏主人愿意成全父亲遗愿，特地砍掉几大行长得像人一样高，并且结实累累的玉米梗，挪出整条路与坟地，方便我们举办入土仪式。

我们都集合在马路边，成串的鞭炮摆在地上，一路迤逦到田中央，等待良辰吉时，也等待热心的村民把坟地挖好，把大理石的墓碑竖好。

第一声鞭炮响起，凄厉的唢呐吹出的是生离死别的悲苦。穿着橡胶高靴的我和哥哥，分别捧着父亲的遗像与木箱，在众亲友的簇拥下,在毫不掩饰的号啕哭喊声中,踏入玉米梗铺着的泥泞田地,踏入曾是我们先祖的陵地,曾是父亲儿时玩耍的地方。出生于台湾的我们,走在华北大平原的青纱帐里,踩在似遥远又亲近、该熟悉却极陌生的土地上,那复杂的情怀让我心头如海浪般波涛汹涌。

我们领着长长的队伍,弯曲蜿蜒,缓缓走入坟地。黑色大理石墓碑已竖好,墓穴也挖好,石棺被摆在穴边,内白外黑,外表有彩绘,更有红漆写着的"风水宝地"四字。纸扎比人还高,有白马、黄牛、汽车、大房。

我和哥哥跪拜于父亲墓碑前,看着我们完全不认识的村民,在烈日下挥着汗,恭敬地把石棺放入墓穴,再把我们从台湾准备好的檀木箱放入石棺,然后封棺。

我跪着,拜着,村民铲土埋棺,眼看檀木箱即将没入黑土里,我没有大声哭泣道别,只在心中不停地呢喃:"爸爸,我从未忘记对您的承诺,终于带您回老家啦!身为独子的您,因为战乱,颠沛流离,生前未能对爷爷、奶奶尽孝,让您一生耿耿于怀,但现在终于回到他们身边。您没有辜负他们几十年来日日倚门的盼望,他们等到您了,您可安息吧!"

澎湃震撼的鞭炮声再度响起,各色纸扎、冥纸在野火中燃烧,似要燃尽世间的战争、仇恨、对立与分歧,最后要还大地一个真干净?

在露天、野地与烟灰中,我和穿汗衫、着黑布鞋的农民站在一起,不禁再度想起于台北教堂为父亲举办的告别式,花海馨香、诗歌吟唱。哪一个更庄严、慎重,更情深、意浓?我,没有答案。

父亲的衣冠冢离爷爷、奶奶的坟头只有两公尺,就在他们脚下。父亲自1937年做流亡学生,走遍大江南北后,跨海去了台湾,离家六十三年的他,回来了,和盼了他六十三年的爷爷、奶奶终于在这玉米田里,在众亲友的见证下,大团圆了。

此时,冥钱已烧成灰烬,随着阵阵长风,缓缓在空中旋转、回荡,好似我们的依依不舍之情,好似我们对孕育父亲的蔡庄与爷爷、奶奶那份感恩之情,袅袅不绝,天地永存……

妈妈的味道

2005 年 6 月 27 日那天,我带着已失智的父亲回娘家,去探望重病不起的母亲。

娘家公寓不大,住着哥哥和刚请来照顾母亲的看护,就没了父亲的空间;再加上父亲失智,经常时空错乱,把半夜当成白天,会打扰病人的作息。为了给母亲一个全然安静的环境养病,我和哥哥不得不安排父亲住在我家。这一来,使得结缡快六十年从来没分开过的父母,被老、病拆散,分居两地。

当我踏入母亲的房间,看着因肺功能衰竭而喘个不停的她,像是离开水的鱼在做生命的最后挣扎,我内心一阵绞痛,好想掉头逃走。

但我知道母亲现在最需要的是陪伴,于是我强忍内心的难受,静静躺在母亲床上,依偎在她身边。不一会儿,母亲用手指轻戳我的手臂说:"我喘得难过极了,你……快点想办法……让我安乐死,安乐死,让我少受点罪吧。"

听这话,我内心阵阵颤抖。医生曾私底下告诉我,母亲虽是癌症末期，但目前只有一个肺在积水，可能还有两三个月的日子要熬呢，这可如何是好？我轻抚着母亲的额头，脑子急速地转念，该用什么话语、什么方法来安慰、协助痛苦万分的母亲？

"妈，您是虔诚的基督徒，一定知道生死大事操在主耶稣的手里，不由我们做主。我们只能安心祷告，聆听它的旨意。"

我们三个儿女或许因为时间未到，都还未受母亲的影响成为基督徒。以前哥哥在母亲健康时，常爱跟热心传福音的她开玩笑："抱歉，我们都没让您做成业绩呢。"母亲总很有信心地说："我会耐心地等你们。"

几年前，我因为读了几本藏传佛教仁波切写的有关心灵或生死的书，不自觉地在母亲面前夸赞用智慧修心来求生命圆融，不完全借助神力解脱之道，深得我心。当时已经八十好几，走起路来巍巍颤颤的母亲，什么话都没说，只深深地望了我一眼，缓缓地问："那将来我在天国，会不会等不到你了？"看着母亲的脸布满皱纹，已经放不下任何多余表情，焦虑、哀伤只能写在眼神中的母亲，我一阵彻骨的心酸，热泪几乎夺眶而出。从此我不在母亲面前谈论有关佛教之事。

为了让眼前母亲的心灵得到慰藉，肉体解除些许痛苦，我紧紧握住她冰冷的手，一心要把我的生命热力藉手掌传递给她，并模仿她以前祷告的方式，从内心深处发出诚挚的呼喊："主啊！慈悲万能的主啊！求你施展无所不能的力量，治疗、拯救这一生都服侍你、仰望你的病人，求你减轻她肉体上的痛苦，安慰她彷徨的心灵啊。愿你的大能施展在她身上，如同施展在天上，愿你治病的神迹荣耀你的圣殿，让永远信任你、依赖你的母亲，身心得以舒缓。"

我每祈祷一句，母亲就大声地回应"阿门""阿门"，我们的卑微之心好像因此直达天庭。

接着我唱起母亲最喜爱的诗歌《你若不压橄榄成渣，它就不能成油》给母亲听。以前她常说，这首歌不但旋律优美，歌词更有哲学意境，最能安抚她的心灵。尤其最后两句："每次的打击都是真利益。如果主拿走的东西，它会以自己来代替。"我真心希望基督快来填补母亲那被病魔侵蚀、掏空的身心。

经我反复的祷告与歌唱之后，母亲转过头来对我说："嗯，我好过一些了。"然后，她问了我一个奇怪的问题：

"女儿，我身上有味道吗？"

"什么味道？"我不解地反问。

"我也不知道。看护总嫌我有味道，天天要帮我洗头、擦身，我实在受不了翻来倒去的折腾呀。你要不要闻闻看？"

近午的阳光正洒在母亲身上，映照她身穿无领、无袖的紫色家居服，露出整条手臂。卧床年余很少外出的母亲，手臂显得特别苍白，肌肉也松弛不堪。我顺从地拿起她那骨肉几乎分离的手臂，仔细地闻了又闻，没什么味道。我再挪动位置，凑近她的肩颈与发梢，闭上眼睛，长长吸口气，又闻了闻。嗯，有股淡淡的汗酸味，好像回到年幼时分，和母亲一同挤在小厨房里，正忙着做菜的母亲一边挥汗炒菜，一边训练我演讲台风时，身上散发出的味道。但进入中学以后，母亲好像换了一个人，爱家的热火熄灭了，成了阴晴不定、喜欢天天躺在床上休息的人。

我抚摸着母亲的手臂，安慰她说："妈，您真的没什么味道，不用天天洗头擦澡，我会告诉哥哥和看护让您好好休息。"

接着该吃午饭了，我拿出从粤菜馆买来的清炒虾仁及瘦肉粥给母亲和哥哥，我和父亲则陪坐在餐桌旁边，看着他们吃。母亲除了喘得可怕之外，倒还能自己吃饭。她一面吃，一面问我："你们为什么不一起吃呢？吃完饭后可以多坐一会儿啊。"我内心阵阵酸楚，母亲这句话中，透出依依不舍的凄凉味道，莫非她感受到时间的压迫，看到迎接她的天使在附近徘徊？

这天是星期日，看护放假，没人做饭，我为了减轻哥哥的负担，把原本是我和父亲的饭菜都省下来，好让哥哥晚上不用做，可以再吃一顿。就因为如此，我们不能久留，也为了让母亲多休息，下午一点钟，就带着饿肚子的父亲先行离开，去外面小馆吃饭。

隔了一天，我忽然好想听母亲的声音，打电话回娘家，在电话里觉得母亲有点口齿不清，而且没说上两句话，就迷迷糊糊地讲不下去了。我赶快追问看护，她说母亲昨晚没睡好，刚刚要求多加了一颗安眠药，要小睡一会儿。我不疑有它，挂了电话。

晚上七点，我再打电话去，哥哥说这两天母亲病情恶化了，每次上厕所时，她都站不起来，全身的重量几乎都压在看护和哥哥身上。"我一听不对劲，急着说："你快去叫救护车，把妈妈送进医院，我在医院和你会面。"

哥哥犹疑了一下，回答："妈妈吃过晚饭后，喘了好一会儿，这才刚服过药，安静地睡下了，我们别再惊扰她，折腾她。你明天一大早过来看看情况，我们商量商量再做决定。"

我忐忑不安地放下电话，真想即刻飞奔到母亲床边去看看，但碍于哥哥说不要打搅母亲的美意，就只有心神不宁地坐在家中，一心一意等着明天的到来。

结果，明天没来，提早来的是电话。

我内心立刻涌起不祥之念。果然，哥哥急促地告知发现母亲于半夜十二点左右，在睡梦中停止了呼吸，他现在正将母亲送往附近的医院抢救。

当我以最快的速度飞奔到医院时，看到的只是身体逐渐僵硬的母亲。想到几个钟头之差就成了天人永隔，我号啕大哭，拉着母亲尚有余温的双腿不肯放，好像这样可紧紧抓住她生命最后的讯息。

我怨极了，若早知道，两天前的中午是我最后一次陪母亲吃饭的机会，说什么也该留下来。若早知道还有两三个月苦日子要熬的母亲会突然被爱她的主提早接走，提早结束她在人世间的折磨，无论哥哥说什么，我昨晚都应该赶去母亲身边，陪她走最后的一程！早知道……早知道……

我们完全按照母亲生前旨意，由她的教会牧师全权主导告别仪式。一首一首的诗歌传唱，一段一段的读经祷告，萦绕于白色百合花的馨香里。唯一的遗憾是碍于教会不准拜偶像的严格规定,行礼中没有摆放母亲的遗像。

　　母亲生前,我嘴巴虽不说,但内心常计较母亲偏心两个兄弟,给我的母爱不够多。等母亲的遗体火化了,我跪拜于她的遗像前,才深深自责付出的不够多,懊恼送她的漂亮衣服不够多,请她吃的美食不够多,赞美她、感激她的话语不够多。上苍啊!为什么不再给我一次弥补的机会,只要一次机会就好。

　　母亲去世多年,表面上看来,一切都好似随同母亲火化的遗体,灰飞烟灭了,但我的脑海里不时浮现那个金色阳光洒满窗纱的上午,我最后一次接近母亲的一刻。那时我躺在她身边,细细闻着她身上的味道,从她的手臂、肩颈与发梢,有一股淡淡的、酸酸的味道,慢慢地在空气中流动着,久久不散……

一甲子的凝视

　　父亲坐在病房的一角，腼腆地低着头，好像对病床上躺着的病人很陌生，没话讲。

　　我扯扯他的袖子，鼓励他，要求他，多和母亲说几句体己话，结果他躲得更远。倒是那斜躺在病床上，穿着住院后我买给她的浅紫碎花睡衣，正喘着的病人，替父亲解围了："别勉强他了，他一辈子不就是个没话说的木头人嘛!"

　　"没话说的木头人"，听母亲这样数落父亲几十年了，过去总觉得她的口气不好，永远是负面的挑剔，她似乎对面前这位自由恋爱的对象从来没满意过;但今天，母亲的话中怎么流露着婉转、妥协，甚至和解的苍凉? 好像没有了怨气，只是渴望多听几句父亲的贴心话、体己话，而这些正是她一辈子非常欠缺的。

　　小时候看父母吵架，起因多半是为了父亲不会说话，或者说的话不合母亲的心意。母亲的心意不好捉摸，更年期后更严重。她在人际互动中随时是个心灵受伤、自觉被迫害的人。彼时,常看到提着菜篮从菜市场回来的她,神情慌张。她磨磨蹭蹭地走到正在批改作文的父亲身边,期期艾艾地诉说,哪家猪肉贩子的大声吆喝是指桑骂槐;哪家水果摊主人夸耀橘子的丰腴饱满,是影射她的身材……

从不记取教训,学两句哄骗母亲的木头人,总是不经思索也有些不耐烦地讲出母亲最不爱听的话:"人家和你无冤无仇,怎么会笑你呢?"

即使母亲大声警告:"你这样说,就是我多疑了?"父亲仍接收不到情况紧急的讯号,还咬住自己的理论不放,果然没有多久工夫,一场莫名的争吵于焉开始。

两个知书达礼、斯文儒雅、全心为家庭奉献的父母,为了微不足道的外人,相互错踩彼此人生几十年。

以前我总觉得母亲存心找碴,为小事吵翻天,一味地护着弱势的父亲。待自己有了些年记,吃过些苦头,才领悟到,如果一个女人要的不过是两句无所谓真假、对错的贴心话,就能心甘情愿地继续为心爱的人做牛做马,这心愿何其卑微,该被满足。

我轻轻拉起失智父亲的手,带他到母亲的病床边,特别挪一个很舒服的位置给他,让他面对母亲坐着,说几句他欠母亲六十年的体己话。为了给他们一些隐私空间,换我退到病房一角,远观他俩的互动。

我看着一向木讷、拙于表达的父亲,很努力地在他那已被侵蚀的记忆体中,苦苦搜寻着语言的符号,我听他反复地问着相同的话：

"你的病怎么都不见好呢？……你是心脏不好吧？"

"妈妈是肺不好。"我在一旁小声说。但父亲被错误的资讯键入后，很难复原。

"你是心脏积水吗？"父亲忧愁地说。

"妈妈是肺积水啊。"我再次插话。

戴着氧气管很虚弱的母亲，好像已经不在意父亲问话的准确与否，轻拉起父亲的手，一字一喘，艰难地吐着：

"唉，我们……我们……怎么……会走到……这步田地了呀。"

是啊，母亲的生命之舟，泊在死神徘徊的床边。父亲的灵魂之舟，搁浅在未来与过去的无何有之乡。父母是怎么变老的？他们的生命是怎样由春日一树的新绿，走到严冬满地的枯叶？我听得出来母亲嘴里说的"我们……我们"，是六十年前年轻的他们！

在我心目中早就是老者的父母，并没有准备好接受老化与死亡。原来，谁都青春过，谁都将面对死亡，但谁都没有准备好死亡的来临。

父亲的眼神透着失落与惘然，不知如何搭腔，只是非常专注地凝视着母亲，在他专注的凝视中，时光似乎停格在六十年前的山东青岛，在他俩当年邂逅之所在。父亲望着初相识、初约会时年轻漂亮的母亲。隔着长长的时光走廊，父亲的看、望，变成深深的凝视。

1946 年秋,刚从抗战大后方念完中央大学中文系的流亡青年,在青岛女中教书,认识了抗战时期一直留住在沦陷区,在青岛女中工作的有才华的女孩。

他们都住学校的单身宿舍,父亲家乡已经解放了,但他仍滞留青岛;母亲因为与后母不和,找到青岛女中的工作,搬入宿舍,对当时保守年代里的单身女性,这是件很不容易的事。不知母亲真的不容于原生家庭,还是母亲已经有幻想被迫害的征兆?也可看出母亲个性的刚强果断。他俩在课余、饭后和几位同事打乒乓球,讨论托尔斯泰、高尔基的小说。父亲说着流亡学生走遍大江南北亦心酸、亦精彩的故事,母亲说着她来自传统世家,留在日本沦陷区里完全不同的人生。他们在著名的八大关,点缀着彩色小洋楼的青石道上,欣赏枫红落叶;他们在栈桥水边,细数着黄昏归雁。滨海公园的夕阳映照他俩在古松下的身影,海水浴场的白沙滩上留有他俩的足迹。多么年轻又美好的岁月。

一个穿着竹布长衫配西装裤,好不斯文潇洒,正是当年男士最时尚的穿着;一个烫着上海的新款鬈发,穿着过膝的旗袍,好个清秀佳人。两人同年生,一般大。或许因为母亲的聪明美丽,父亲毫不挑剔母亲年届三十的岁数。经过两年的相知相识,他们在 1948 年 7 月 17 日结为连理。婚礼在青岛著名的酒店举行,喝香槟、吃西餐。父亲西装笔挺,租轿车,迎娶穿白色婚纱的新娘。

动乱的时代,日子的变化如同翻书,刚翻过一页如童话般的浪漫，接着就是国共内战带来的兵荒马乱与仓皇逃难。父母在上海搭的海燕号于1948年12月31日安抵台湾基隆港，第二天天刚亮，坐南下火车，由台湾头一路坐到台湾尾，于1949年的元旦，抵达屏东县东港镇的大鹏湾，开展他们全新的小家庭，不一样的人生。

刚新婚的母亲，对洋溢热带风情的宝岛充满探索的新鲜感，以为只是在离家千万里的小岛蜜月旅行。她应从未料到，人生竟是如此短促，他们在大鹏住了十二年后，搬到冈山镇三十余年，最后因为年老，我们儿女坚持，他们才万分不舍地放弃老家，北上住在内湖。一甲子的岁月如春梦一场，梦醒时分，她就躺在这陌生的病床上了。六十寒暑在父母指缝间流逝，他们就此走入风烛残年，就这样过了一生。

父母相对无言，彼此凝视，我也在这段空白中阅读他们。窗外阳光被窗纱筛成细细的金线，映照他俩如风中芦荻的苍苍白发，他们的背被悲欢离合的沉重包袱压驼了，岁月毫不掩饰地在他们的脸上刻出条条印记，写下斑斑痕迹。我在他俩的眼神中，读到曾属于他们的美丽春天、蓊郁夏日；有长日将尽的金秋灿烂，更有结缡一甲子即将天地永别的无限悲凉。他们的相互凝视，是在交换吟咏一首千古传唱，但不到临头，谁都无法体会的生命哀歌。

我拿起身边的手机，按下快门，捕捉到这瞬间，将病房里一甲子的凝视，冻结成永恒，作为我终生的怀想。

一个月后母亲在睡梦中离我们而去。虽然她还是没听到父亲说出什么贴心、体己的话，但这张珍贵照片框住的是母亲临终前和父亲最贴近、最私密的一刻，是她在病房里和父亲单独留下的唯一纪念。

母亲走后五年多，父亲因重度失智，忘了如何呼吸，在昏睡中走了。我想象他们那航过大江、大海的躯体，犁过酸甜、苦辣的心田，在天国再度重逢的凝望，应是超越时空之所限，与天地同流的真正永恒。

妈妈在哪儿

天气转凉了,我带父亲回他的内湖旧居拿他的冬衣。一路上他如小朋友郊游般兴奋,不停地看招牌、读商标、哼小曲。到了家,他急急忙忙地在每个房间转一圈,然后走到我面前,眼神由原先的闪烁转为暗淡,万般焦虑地问我:"妈妈在哪儿?妈妈为什么不在家?我以为今天是来看她的呀!"

自从医师诊断母亲是癌末只有两个月的生命后,哥哥和我不忍高龄已八十六的母亲受苦,决定放弃积极治疗,并让失智的父亲住我家,免得昼夜不分的他干扰母亲的休养。结缡快六十年的父母,因老、为病,第一次被迫尝试分居的滋味。

于是陪父亲回家探望病中的母亲,成了他生活中最开心的期待。每次去,我除了为病中母亲买些她爱吃的食物,如虾仁蒸饺、港式海鲜粥,还准备了协助母亲抗癌的鸡精与冰糖燕窝,整整两大袋子,父亲都坚持提在他手上,好像那份沉甸,才能表达他内心的沉重与深厚的情意。

临行,父亲会特别有耐心地让我替他刮胡子,还在穿衣镜前后照几回,兴奋得像是去约会般。莫非在他混乱的时空里,他又回到当年在青岛公园和母亲约会的时光?

汽车由内湖港墘路转入金龙路,他脸上出现明显的企盼,念路标的声音也提高了不少,虽然他早就不记得自家门牌号码,任凭反复练习多少次也无效,但他还是知道快到家了。

"妈妈在哪儿?"站在客厅的父亲再次大声地问我。其实我更想问:"母亲,您在何方?"

瞧着父亲焦急的面孔,我愣在当下。不是昨天才告诉他事实,我们俩又抱头痛哭一场?是死亡的回忆太沉重,所以他选择遗忘?还是他心智的死亡让搁浅的躯体愈行愈远?

不忍再度揭露真相让活在不同世界里的父亲悲痛,也禁不起多次撕裂自己想深埋的伤口,我不知该如何应对迷失于人间的父亲。

窗外,阳光映照在翠绿山头,那份浓郁如一首小诗的幽思,牵动我内心的深渊,我开始编故事:"妈妈不是住在五指山上一个小房间里吗?"

"那我们现在就去五指山看她,或打个电话给她,听听她声音呀。"父亲兴奋地说。

"小房间里没电话可打。"

"瞎说,你不打我可要打!"说着,他急吼吼拿起电话作势要拨号。

一辈子从不爱打电话的父亲,现在居然要逼我打电话。

以前,永远是母亲负责和儿女沟通。我们兄妹的电话只记在母亲的脑子或记事本里，而父亲总在通话结束前，简单附带一句家常作为结尾，象征性表示他的存在。有一回，母亲突发急性胆囊炎，痛得直不起腰来。就在她身旁的父亲却无法通知我们，因为从不打电话的他，不知该如何联络我们。

眼前，父亲吵着要听母亲的声音，我却交不出号码，交不出连接阴阳世界的密码。逼得我脑袋如电光火石般加速急转："爸，我忘了告诉你，妈妈本来住五指山，俊来哥哥带她坐飞机，坐到天——的另一边去了。"

我特别拉长了天这个字的音节，想给父亲些许暗示，暗示那个没有病痛、没有疾苦、所有结束的都将重新开始的天国。没想到父亲反问我："天的另一边？是美国吗？"

"啊？哦？对——对——，妈妈到美国去了！"我将错就错地胡乱回应。

焦虑的我与失智的父亲，就站在曾是母亲做红烧鱼、大卤面的厨房，一搭一唱，合力编导荒腔走板的剧情，就像小时候父亲跟我们瞎掰的《西游记》一样，他完全不照书讲，一半凭记忆，一半凭想象，天马行空、荒诞不经，但我总听得津津有味。

"妈妈何时去了美国？跟你哥哥？为什么我不知道？"说着，一向温文儒雅的父亲突然暴怒，瞪着眼、大声吼，"她怎么可以丢下我一人去美国？怎么可以不要我？我没跟她吵架呀！"

他居然相信已去世的母亲住美国，就像小时候我相信他的《西游记》一样。以前在家里永远是母亲生气，父亲只是个赔笑道歉或沉默不语的人。鲜少见父亲大发脾气的我，不知该如何收拾失控的局面。

"哥哥带妈妈到美国去,看看有没有更好的医生,治疗她的肺积水呀。"我努力合理化母亲去美国这件事,只期盼父亲缥缈间断的思绪里仍保存些许母亲住院的画面。

父亲满脸困惑,不说话了,空气冻结许久,我的心悬在半空中,不断地问自己下一步该怎么演……

父亲扶着墙,慢慢安静下来,果然还是个好脾气的人。只见他长叹口气,话锋一转:"也罢,也罢,你妈妈就是爱跟着儿子,随她去吧。美国那么远,我就不操心了。"

也罢! 这就是他的个性,一生都压抑自己,为妥协别人。他妥协大时代的造化,命运的安排,忍受没能回家乡孝养父母的锥心自责,用"父母永远活在我心中"来排遣;他妥协母亲的躁郁症,忍受母亲的坏脾气而没有任何积极解决的办法;他用压抑、妥协把自我缩到最小,缩到没有位置,最后终于忘了他是谁。

一句"也罢",场面峰回路转,悬在半空的心好像坐云霄飞车,安全着地了。我紧紧搂住总是选择委屈自己的父亲说:"对嘛,妈妈有哥哥在美国照顾,您就安心跟着我这个女儿过日子吧!"

"但我会想念她呀!"父亲幽幽地又抛出一句话,像个暗钩,勾出我潸潸泪两行,赶紧转过身用袖口擦拭夺眶而出的泪水,调整自己的情绪后,回过头来给父亲出个主意,"你可以写信给妈妈,告诉她你的思念。"

父亲欣然接受这个建议，当下拿起笔，专注地在纸片上，抖抖颤颤地写下歪七扭八的字："思桂，回家来看不到你，原来你去了美国。太远了，我跟不动，只有等着你。宝光留。"

"写得真好。"我轻拍父亲的肩膀鼓励他，然后慎重其事地将纸条放在他与母亲一同祷告、一起读经的小餐桌上，并用他们天天阅读的圣经压着，说："放心吧，只要妈妈一回家，就会看到你的纸条，她会来找我们。"

拿好父亲的冬衣，我轻掩父母卧室的门，将他们两张小床孤零零地锁在黑暗里，挽起父亲的手臂说："我们回去吧！"

走出大门的刹那，我依依不舍地回头，望见窗台母亲生前手植的兰草，正浅浅摇曳于窗外夕阳余晖中，我举起父亲的手，在空中挥舞着，大声说："再见啊！再见啊！"

说给天另一边的母亲听。

之后，父亲在我家住了五年半，他困在冰窖里的灵魂让他忘了如何吞咽，如何呼吸，成了白纸一张。但他曾在好几个似有清澈激流冲过冰窖的夜半，昂然爬起身来问我："妈妈该从美国回来了吧？"

早就不认识我，也不记得任何事情的他，选择记得我为他编的，妈妈在美国的故事。

最后的卡片

母亲节快到了,看着躺在病床上因肺积水而喘个不停的母亲,我的心也跟着她上上下下地抽搐着。我猜,这恐怕是和母亲过的最后一个母亲节,但觉一阵风吹过闷热的五月天,浑身打着寒战。

小时候或许不懂母亲的因材施教,我总觉得母亲偏心,爱大我一岁的哥哥比较多。弟弟还太小,我无从比较。譬如,月考我考九十八分,得到的是"太粗心"的批评,而哥哥只考八十分,得到的却是"有进步的"奖金。暑假期间母亲规定我和哥哥饭后轮流洗碗,我顺从地把槽内的碗筷洗得一干二净,还主动打扫整个厨房,一心想为母亲减少负担;轮到哥哥时,他总是赖在沙发上,一面看武侠小说,一面说:"等一下,等一下。"结果,等不及的母亲未责怪他,径自去厨房把碗筷都洗了。在一旁读书的我,将一切看在眼里,也埋在心底,只期待总有一天母亲会知道我的好。

直到父母都进入老年,我历经为人妻、为人母的淬炼,才学习不讨爱、甘心付出的课题。每年母亲节或母亲生日，我会特地买她喜欢的粉红色香水百合，送去她住的大厦。先通报管理员，再穿过中庭，迎面而来的住户都清楚看到女儿又送来一大把香花，让母亲有面子；出外购物时，我也花心思挑选质料好又花哨的衣服，打扮爱漂亮的母亲。她一生节衣缩食，平日只在菜市场挑平价衣服满足对美的需求；母亲喜吃甜食，我每次去美国或欧洲旅游，会买流淌着樱桃汁或甜酒的巧克力糖，与夹着花生酱、草莓酱的西点来滋润母亲干涩的口。

但一向习惯在重要节庆，洋洋洒洒地写出很多温馨感性的话语于卡片上，送给先生、儿子与父亲的我，唯独对母亲，我只能在卡片上应景地写着"母亲大人膝下，祝您母亲节快乐，身体健康"等，就掏不出更多温暖，来写感恩与赞美之词，给心中似乎有个洞，需要不断被肯定的母亲听。

母亲年轻因得躁郁症，把家中弄得像战场，在我心中留下的伤痕原来比她对我的偏心还深刻，需要更长时间才能疗愈。

但这个母亲节将是我最后一次感恩的机会了。

我拿出自己一大早就买好的浅紫色卡片，卡片上画着个小女孩，捧着几乎超过她身高的深红、粉红康乃馨花束，往前跑着，脚底下有虚线画出她跑的脚印，一直往前延伸，翻页到卡片右边角落，递给端坐在椅子上的母亲。这插图恰似我一路寻母、讨爱，最终，我将盛开回馈与感恩的花朵送达母亲手上。

感谢画面的启示，让我克服内心的障碍，在卡片上"说"出了一大篇对母亲的感恩：感谢她的智慧、她的用心让我从小功课名列前茅;感谢她的培养与家教让我进退有礼;感谢她在我儿子出生时,远从台湾寄亲手缝制的各色婴儿鞋到美国……

心被打开,我的笔锋就流利了,在母亲最喜欢的紫色卡片上不停地写,书写中我想起母亲被我遗忘的种种好。写完后我如释重负,期待和母亲过个最有意义的母亲节,最后的母亲节。

当天一大早,我拜托丈夫及哥哥带着失智的父亲,去拿我事先订好的美食与蛋糕,并约好上午十一点在母亲病房见面,就直奔花店去选花。我挑了一大把鲜红喜气的康乃馨,花瓣上还闪着晶莹的水珠,开了一半含羞带怯的花朵恰似准备迎接朝阳,迎接全新关系的开展。我一心要把病房铺陈为馨香美丽的天地,带给因癌症晚期饱受折磨的母亲许多温柔与鼓励。

我拿着花与卡片,准备昂首大步踏入母亲病房,但一看到因喘个不停而白发凌乱、面容枯槁的母亲,我突然怯场,好想逃走,逃到长廊尽头听不到她喘息声的地方。原来,我根本没有准备好面对母亲的即将离世;原来,打心底我对母亲还是害怕的,在她面前,我永远不是强者。

在病房门口转身,我深吸一口气,强压住满脸的悲伤、害怕与落寞,如川戏中的变脸,变了一张欢愉的脸,换了一副鼓舞的嗓子说:"妈妈,今天是母亲节哪,我特别买来应景的康乃馨,好新鲜漂亮,快张开眼睛看看!"

我那高亢、明朗的声音在病房四壁萦绕许久,跌入永无止境的深渊,一点回应都没有。

出奇的静默与沉重的喘气声。

床上的母亲,除了胸部上下起伏的速度加快了,什么反应也没有。母亲不看我,也不看花。我伪装出来的好心情,似长空下的白云,霎时遇寒,凝结成雨滴,一路洗刷尘埃后,坠落山谷。我心中开始慌乱,忙不迭地凑上前去,送上我以为一定能讨母亲欢心的卡片。

没想到她极不耐烦地说:"我都病到什么地步了,哪有心情跟你过母亲节,快拿走你的花和卡片!"她闭上眼睛,左手大幅度一挥,刚巧把我写满感激、画满爱心的卡片挥到地上。

母亲卧床很久了。刚开始和哥哥住在一起的她,固执地不肯住院检查,我想她是怕为难哥哥吧。等到兄弟都各自因家庭、事业去了美国、中国大陆,暂时回不来了,她才在我的安排下住进内湖医院。还以为也只是气喘的老毛病,没想到被诊断是癌症末期。

我独自面对医生的惊人宣告,一人承担母亲即将去世、无法接受的痛,对接下来的医疗、看护,也无人商量,无人分担。几个月以来,一面要顾着失智的父亲,一面跑医院对医生鞠躬哈腰。但最为难的是要为焦躁不安、夜夜失眠的母亲找寻单人病房,那不是金钱就能解决的问题。我几乎动用所有我能想到的人脉关系,也只得到一个"会尽力,但无法担保"的答复。

那天将母亲由内湖分院转去总院时,下了救护车,我一人推着母亲的病床,由地下室搭电梯到院方通知的七一二病房。一路上我忐忑不安,因为不知道七一二是健保房、双人房,还是母亲坚持要住的头等病房。母亲瞧左右无人,开始闹:"送我回去，我已病成这样，没有头等房绝不住！"我了解一生受睡眠障碍折磨的母亲无法和别人同房，但父亲失智，兄弟不在台湾，丈夫出差，儿子长期定居美国，数起来，我的亲人并不少，但谁来帮我？在这接近晚餐时刻的黄昏世间，一人推着病重的母亲定在医院的长廊上，怎么有种从半透明的冰块里往外看世界的感觉？病床的轮子辗过地面发出的声音，听起来像是冰河的碎裂声。我正走在一片空荡荡的凄惶里。

母亲的喊声把我逼到墙角，不知该如何走下去，更不能回应。我神情慌乱地数着病房号，七○八，七○九，七一○……心脏开始狂跳，情绪像一锅闷煮的水在持续加压中……

在母亲如被我虐待般的尖声抵制中，我推开七一二病房的门，一看是宽敞的头等病房，眼泪像煮滚的水，争先恐后地涌出，整个人因为极度紧绷后的松弛几乎双膝跪地，我濒临崩溃般狂谢上苍，狂谢我的闺中密友：我终于给了母亲最好的安顿。

此时，卡片被摔在地上，好似自己满腔爱心被践踏，我被母亲的反应吓了一跳，然后一阵寒冷，情绪像铁球直直落，最后，弹起来的是一股燎原之火："为什么您这一辈子就专门用冷水来泼我？泼我这忠心耿耿，守在您身边的女儿哪？您就不想想住院以来，是谁，是谁，向人磕头为您求来头等病房？"

"我不过想和您过个可终生怀想的温馨母亲节罢了！"我幽幽地说着。

还想继续发泄的我，远远看到房外长廊提着大包小包的丈夫与哥哥，立刻恢复冷静，戛然终止所有的委屈与抱怨，趁家人还没走进病房前,擦干眼泪,把感觉上有鞋印踩过的卡片从地上捡起来,胡乱塞进了衣橱。

刚从美国赶回来的哥哥,毫不知情地走近母亲病床,送上我要他准备的卡片。母亲犹豫了一会儿,有些挣扎地看着哥哥,嘴角慢慢挤出微笑,收下了。

接着我完全心不在焉地演着自己精心筹划的戏。唱母亲最喜欢的诗歌,点蜡烛,切蛋糕,拍照。失智的父亲不明就里开心地坐在母亲床边吃着,丈夫与哥哥也不知道他们踏进病房前曾发生过什么事,都轻松谈笑。连母亲也笑着,吃着我精心挑选的巧克力,连喘气都好多了。

只有编写、导演了整出戏,一心要过个特别母亲节的我,头脑中一片杂讯、乱码,现在完全乱了阵脚,无法入戏,是最后的母亲节中最不称职的演员。

一个月后,母亲去世。我赶去医院,轻触她尚有余温的双脚,内心呐喊:我们之间的情结尚未解开呢,您怎么就留我于尘世而撒手不管了?

整理母亲遗物时,我再次看到这张花开灿烂,却有硬刺扎我内心的卡片。我不敢打开看我写的对母亲诸般感恩的词句,那本来就不是要写给我看的。沉吟良久,最后决定将它放进母亲的棺内,随着母亲遗体一起火化。

生前无缘,不能像卡片中那小女孩把盛开回馈与感恩的花朵送达母亲怀中,只求母亲在天国,终能听到女儿对她的感恩!

过　年

春节快到了，家人都在美国的丈夫，计划趁年假带我一起去洛杉矶，和长住美国的儿子、他的姐妹们一起过年。我这才蓦然惊醒，又是"天增岁月人增寿，春满乾坤福满门"的时节。自母亲去世后，一直低落几近麻木的情绪，因为丈夫的体恤，心里激起圈圈有些陌生的受宠感，荡漾着层层朦胧的暖意。但一想到家有失智的老父亲，这快乐却又短暂得如春梦朝云，消失得无影无踪。

母亲病重住院的时候，刚巧兄弟们都不在台湾，我只能把失智的父亲暂时安顿在自己家，以方便照顾。办完母亲丧事后，所有回台参加丧礼的亲人，无人开口讨论失智的老父亲后续长期照顾的问题，父亲就留住在我们家，快满一年了。

丈夫虽然和父亲关系很好，但到底受传统思想影响，并未料到岳丈会长期住在女婿家，他留在书房里的时间就越来越长。我看在眼里，硬着头皮，找个丈夫不在身边的空档，偷偷打电话给经济环境很好、当总经理的弟弟，探探口风。至于兄嫂，因为已移民美国,太远了,似乎无法要求分担责任。

果然不出所料,弟弟在电话那头吞吞吐吐,说抱歉不能接父亲小住,只能分担父亲的生活费。

放下电话后,但觉黄昏时刻的人世间显得特别荒芜,也再次确认父母和儿女的缘分各有长短,各有亲疏,不可强求。只是从此,我在丈夫面前有难言的亏欠,成了热锅里的一条鱼,被一把铁铲翻来覆去地煎着。虽然感恩后来有了外劳的协助,分担很多体力上的劳苦,但我心中似乎有把刀,将日子剁成片段,每天反复不停地问自己:该多花时间陪父亲唱歌、说故事,以延缓他的迟钝,还是该多花时间陪丈夫出外打球、看电影,以维系结缡三十多年的夫妻情趣? 至于自己想阅读、写作的需求,早就被推挤在日程之外。

有一次,已经答应丈夫去看一场好久没看的电影,我用心地装扮自己,并兴冲冲地换上如朝阳般的亮丽洋装,好似换下照顾病人的灰暗心情,准备外出过一下正常人的生活。偏偏在出门时,迎面看到端坐客厅沙发上无所事事的父亲。他的眼神中透露出要跟我们一起外出玩耍的天真,又像是要我留下来陪他讲故事的企盼。我假装看不见,匆匆逃出家门。

走到停车场,坐入丈夫的轿车里,我脑海里却一再浮现父亲那双渴望的眼神……我内心开始挣扎,该做个好女儿,还是该做个好妻子?汽车引擎的轰轰声让我慌乱,眼看车子就要启动了,我的手还放在门把上左右转动,最后不敢看丈夫的脸,匆匆丢下一句"对不起",就跳下车,取消和丈夫的约会,也取消自己的好心情。回到父亲身边，重新扮演职业保姆的角色，这才想起丈夫一直困在与老岳丈拔河的阴霾里。

每天，我就这样走在十字路口，左右为难，不断自责地过日子。时间一久，我开始心神恍惚，坐立难安。白天好像很忙，但既不是个全职的孝女，也演不好妻子的角色，一事无成；夜里好像睡着，却梦见自己在风雨中奔跑，被不断冲进喉咙里那又酸又苦的雨水，呛得难受，难以休息……

我渴望离开、换环境，就像一匹拖着石磨转个不停的骡子，需要喝口水、喘口气，才能无怨无悔地继续走下去。好想和丈夫去美国的我，自我安慰地想，母亲在世的时候，每年除夕夜兄弟们都会和父母一起过，虽然母亲过世了，但父亲还在，平日他们没来，年假总会来见见父亲。于是，我就放心地计划赴美与儿子团圆。

就在我即将离开台湾的前一周，兄弟俩分别打电话来说，他们都另有安排，不回家过年了。

窗外万里晴空不可能打雷，我却在电话中听到雷声。这雷声将我震出秩序之外，我愣在当下，手持听筒已被对方挂断，嗡嗡作响，我却不知该如何拼凑出完整的自己。怎么俗语所说"母死路头断"竟是真的？

我的机票、旅馆费都付了，若取消，钱是讨不回来的。但真正令我担心的是若取消这趟美国之旅，我们夫妻之间隔着个父亲的距离该用什么来填补。

当家家户户都在为春节即将到来而喜气洋洋地大扫除、办年货的时候，我却日夜苦思：一个刚从印尼来，中文讲得七零八落的外籍看护，和一个失智老人，要怎过年？想要出走脱离泥沼的我，却让自己陷身于更深、更混浊的泥沼中。被烦恼、无助包围着，冥想成了我唯一的姿态，我一再回味去年此时的春节……

彼时母亲肺功能已经严重退化，走一步就喘得厉害，但还有胃口。我决定好好办个大团圆的年夜饭，特地把在美国工作的儿子叫回来，并确认自己的兄弟们一定会到。至于嫂子、弟媳、侄儿女们，都不要求。

在一家海鲜酒楼订好八人一桌的年夜饭，去迪化街买母亲爱吃的港式肝肠、湖南腊肉；到通化街搜寻麻将牌及长串的鞭炮；于花市买大盆的水仙、兰花，然后喜滋滋地把从菜市场买来的红通通的对联贴在外墙门框两边，金色的"福"字倒贴在大门正中。虽然忙碌万分，心里、眼里都写满幸福。

当晚，年夜饭的菜色相当丰富，有五福临门、财源滚滚、洋洋得意、年年高升等。我一面品着美味年菜，一面想着每道食物的吉祥味。看着健在的双亲，尤其是母亲脸上难见的欢颜，觉得好踏实。窗外此起彼落、不绝于耳的鞭炮声，与缤纷璀璨的烟花，更为一桌的团圆热闹加添声音与颜色。

但怎么只一年之差，家，就萧条冷清成这样？和母亲才天人永隔不久，年，就过成这样？没有人要守住、留恋这原生的家了？

家散了，孤单的父亲，该由谁来守护？

即将出远门的我，内心忐忑不安，但在父亲面前，只轻描淡写地说："我们要去香港办点事，过几天就回来。"

我判断，看不懂月历与钟表的父亲，已迷失于时间的魔幻，糊里糊涂地过日子。只要我们完全不提"过年"这两个字，父亲应该就会用"平常"心，过着"平常"一样的日子，期望他不会发现怎么在过年时分，他身边没有一个亲人。

虽然如此，在临走前，我还是带着外籍看护去附近的一家餐馆，把年菜定好，并嘱咐看护在除夕夜，虽不说过年，却一定要带父亲来"吃馆子"。

安排好这些，我心一横，把失智的父亲，和什么事都搞不清楚的外籍看护留在家里，悄悄地在父亲睡觉的时候，充满内疚与不舍地搭机赴美了。

在美国匆匆停留十天，每天打电话确认父亲平安无事。十天后，回到家，打开大门，一眼就看到父亲表情呆滞，正无聊地在客厅里踱着方步，神情透着憔悴与孤单。

我心虚地和父亲打招呼。

父亲听到声音，面孔慢慢转过来，认出是我之后，马上展现如天使般的笑颜，一个老人却像个孩子看到自己母亲般兴奋，急切切地走来，用力拉起我的手，有些口齿不清地说："你才刚新婚嘛，大过年的，当然要去香港夫家拜见翁姑。我不怪你，不怪你把我一个人留在家啊。"

原来，失智的老父亲什么都知道，一生压抑自己总为别人着想的他，竟然还用剩下不多的智慧与记忆体，用力编织出这时空错乱的故事,来安慰他自己,更安慰已结婚三十多年,公婆都去世的我。我激动又惭愧地甩开手边的行李,冲上前去,紧紧搂着我深爱的老父亲,泪水如溃堤黄河一发不可收拾:"对不起! 爸爸,我真对不起您啊! 求您原谅我这不孝的女儿!"

把行李拉进房间的丈夫,不知何时走到我身边,拍着我因悲伤、自责而哭得颤抖不已的肩膀说:"太太,放心吧,以后只要爸爸在,我们过年绝不远游,永远陪爸爸在家过年!"

后来,我的兄弟都回来和失智的父亲一起过年。我的眼泪流得更多了,只是这回都是感恩的泪水。

二十岁的父亲

"爸爸,您几岁啦?"我问。听到我喊他一声爸爸,他面有难色地望了我一眼,好像对我这叫了他五十多年的称呼无法接受。但一向温文、有修养的他犹豫了好一会儿,用疏远又客气的态度回答:"二十岁吧!"

他说的时候,脸上露出慈祥的笑容。不,我应该说他脸上露出天真无邪的笑容,是三岁小娃娃那样的纯净,不带一丝污染的笑。我仿佛看到三岁的父亲跟着奶奶到张家庄他姥姥家欢喜过年的微笑。他曾经告诉我,他姥姥家因为人多,有六个舅舅,三个阿姨,所以房子很大,几乎占了张家村子的一半。去姥姥家过年是他小时候每年最期待的一件事。

"您是做爸爸的哟,怎么才二十岁?"我一面提醒他,一面拿镜子给他,要他看清楚镜中的老人。

"瞧,您一头闪着银光的白发,不是二十岁吧?"我给他第二个提示,再次试探他的记忆。

趁着父亲专心地望着镜子,我也在一旁细细地打量他。他穿件浅绿色短袖衬衫，洗得泛白了。本来我想帮他换上丈夫出差回来为他刚买的新衣，他却一直拒绝，直说没钱也不能穿别人的衣服；他穿条黑色松紧带长裤，以前这是条剪裁合宜的西装裤，是他和母亲结婚五十周年纪念日那天穿的。

当时，他和母亲快八十岁，我为他们宴请宾客。低调的父母不肯铺张，只请了几位至亲。说真的，健在的亲友也没剩下几个。当天我用心地打扮他俩，亲手为不化妆的母亲打粉底，画眉毛、眼线，还替她抹了腮红、口红。虽然母亲口里直说别弄成妖怪了，倒也没真阻止我。照片洗出来，母亲左看右看，直说她一辈子从没这么漂亮过。

当天穿着一身黑色西装的父亲更是神采奕奕、喜不自胜。我要经常争吵的他们在镜头前扮演一下恩爱，快门捕捉到的片刻是父亲手拿一把花，眼睛清澈有神地看着母亲；如今，父亲眼神迷离，精气无存，像是两扇虽然开着却因记忆体被逐渐删除而空了的视窗，瞻望无何有之乡。

失智多年的他，开始包尿布了，为方便照顾，只好忍痛把他漂亮的西装裤腰间纽扣与拉链的部位改掉，换上松紧带。整条裤子显得蓬松休闲，帅不起来了。

当我欢喜地为父母庆祝他们结婚五十周年时，从没想过，两年后父亲失智，七年后母亲去世，而结婚五十年的金婚照之一成了母亲最后的遗照。我们选择用母亲最灿烂、最漂亮的笑容来怀想一生为躁郁症折磨、满面愁苦的她。也因为母亲的去世，我将失智的父亲接到家里奉养，转眼已是三年。

父亲细白的手腕上，没戴手表，因为早就不会看时间。他刚搬来我家时，手上戴着多年前丈夫送他的美国通用汽车公司的纪念表。他喜滋滋地指着外表镀金的手表，说它是只金表，舍不得脱下来，每天很骄傲地看着它，跟我报时间。

随着脑细胞的逐渐死亡，那只漂亮的腕表让他陷入时间的迷宫，走不出来。虽然他每天仍习惯性地戴上它、看它，但不停变换位置的长短针，与十二个闪着亮光的数字，成了他难解的天书，他总是迷惑地看了又看，无法解读魔幻拼图所代表的意义。如果说时间与空间的组合是完整的记忆，那父亲的记忆已经破了大洞，在持续地流失。曾经让他骄傲的金表现在是多余的累赘。他应该很纳闷自己手上为何整天带着个他看不懂的东西。为避免衍生更多的挫折，我趁他熟睡时摘下它来，妥善保存于众多他曾经珍爱，但已无暇顾及的用品中。没多久他就把手表这回事忘到九霄云外。

现在他手腕上戴着一只粉色手镯，是我昨天购物的战绩之一，当我炫耀给他看时，他像个孩童看到新玩具，一个劲儿地往自己手上戴，戴上后再也不还我了。

还在揽镜自照的他坐在靠窗的椅子上，亮眼的阳光透过窗纱，如流金洒在他眼角的鱼尾纹和老人斑上。他脸上的皱纹并不多、法令纹尤其不深，鼻子特别高挺，薄薄的嘴唇，微微上扬，唇边完全看不到一丝该有的"年轮"，谁都看不出他是快九十岁的人。难道失忆症不仅让他心智倒退，连外貌也跟着倒退？

他总担心没钱，不知这是老年人的通病，还是失智老人才有的忧愁。出示写着他大名的存折簿,并大声数着簿子里的存款,是我每天的功课,但都无济于事,每隔十分钟,他就要出门找教书的工作赚钱。一面说,他还一面摸上衣口袋,于是我赶紧在他口袋里放上几百块钱,但这些没能真正解决问题。

他的焦躁让我心疼,不停地解说也很累人,外劳尤其担心我不在家的时候,中文不溜的她如何应付父亲,更担心他因急着找工作而趁人不备溜出大门。他曾经很神奇地打开四道不同的锁,搭电梯下到一楼,所幸被照会过的警卫拦了下来。

感谢上苍在我连续的祷告时恩赐灵感,让我对他的"工作狂"想出一条妙计,我用父亲的口吻在一个纸板上大大地写着:"我,蔡某某,已经教了四十多年的书,现在领退休金在家养老,还有儿女奉养,生活无忧无虑,不需要再工作赚钱了。"

没事我就请他翻来覆去地大声朗读他自己的幸福。每读一遍,他脸上紧绷的神经松弛些,并浮现笑容。但读完立刻忘记,所幸他会自动重读一遍告示牌上的好消息,每天读上千遍万遍,也不厌倦,而我和外劳趁他在快乐朗读中,利用时间处理其他事务。

不知道是否因为这"催眠"有效,还是他更加退化,已不再是要工作养家的中年人,而是在我家做客的外人,常扯着我的衣袖,一再地点头赔笑:"谢谢你的招待,请送我回家吧!"

我疲于应付失智父亲每日抛出的变化球,也知道某些解释无效,只能忍住眼泪,期许用紧紧搂抱所传达的爱与关怀,把他留在我经营的陌生"民宿"里。

此时,父亲在镜中仔细端详自己后,很有自信地对我说:"头发虽然白了,但我就是二十岁!"

"您是我爸爸,不能比我年轻嘛!"我撒着娇,不死心地拉着他的手,像是紧紧拉住他随时间之神逐渐远去的灵魂,要唤回他深处的记忆与流失的岁月,要唤回原来深爱我的父亲。

没想到他头一扬,嘴一撇,生气地说:"我——为什么——要当你的爸爸!"

我的心好像被戳了一个洞,一阵寒风刮过,冷到心底,眼前是永无止境的灰暗,而自己就在这弥漫的灰暗中,用力追赶父亲的背影,还口口声声地喊着爸爸、爸爸,但奇怪走在我前面的父亲并不回头。待我终于追上背影,仔细一看,才发现我追错人了,他,是个和父亲长得一模一样的陌生躯壳,不是我的父亲。

在永无止境的灰暗天地间,其实只剩下我自己。

这样的追逐、失落、追逐、失落,每天反复回转,形成巨大的漩涡,我和父亲都在这漩涡里载浮载沉,摸不清谁的生命更枯朽?

父亲的一句话更将我凝冻在过去与未来的荒芜里,找不到出口,好久才回过神来,吞吞口水,把寒冬藏在心底,换上一副春暖花开的语调,好似新生命正要热闹开锣。我兴高采烈地宣布:"好啦,就让您当二十岁的爸爸吧!"

甜美的岁月

"我家门前有小河,后面有山坡,山坡上面野花多,野花红似火……"扎着两条小辫子的我,开心地甩着头,表演刚从幼稚园里学来的新歌,唱给正忙着用手摇缝纫机做衣服的母亲听,唱了好几遍后,才大我一岁的哥哥也抢着现宝:"胡说话,话说胡,荞麦地里榜山锄,一榜榜到枣树上,椹子落得黑搭糊,张起包来……"那是父亲教他的山东老家的儿歌。

在我们的童谣童语与欢笑声中,母亲更加卖力地摇着那怎么都跑不快的缝纫机。那台胜家桌上型手摇式缝纫机,是母亲用标会的钱买来的。

年轻的母亲,留着半长鬈发,低着头、弓着背,忙着替我和哥哥做新衣。所谓新衣,是把母亲从青岛带来的最心爱的枣红呢子大衣拆掉,改成两件外套,一件给我,一件给哥哥。懂得剪裁的母亲,把我那一件的衣领上,加一个粉红色蝴蝶结,而哥哥那一件,滚上一层黑边,这样就男女有别了。

母亲一面忙碌,一面荡漾着喜悦的笑容,她一定是在想象,刚三四岁的我们，穿上这两件新衣服，将会多么出色呀，因为在那物资极度艰困的年代，这上等呢子衣料到哪里去找。她想着、想着，不知不觉又加快了手边的速度。

母亲祖籍山东蓬莱，来自明朝朱元璋时代后就历代为官的世家，在青岛长大，是都会女性。她高中毕业后，因为后母的阻挠没念成大学，是她一生的痛，后来在青岛女中教务处做行政文书工作。虽然已届适婚年龄，因为正逢抗日战争，大多数的青年才俊都流亡到大后方念书，或响应十万青年十万军的号召，投笔从戎去了，一时找不到合适的对象，搬到青岛女中教职员宿舍去住，倒是过了好多年逍遥自在的单身女郎生活。

母亲常说，那几年的岁月是她一生中最难忘的黄金岁月，一人住在外面，摆脱了在家中不被后母接纳的阴影。她经济独立，可以随心所欲买些好东西给自己吃，补她一直自认不好的身体。工作之余，她沉醉在自己喜爱的文学诗词中，读着当时最流行的苏俄文豪高尔基和托尔斯泰的小说。

她爱漂亮、学时髦，烫着上海刚流行的蓬松鬈发，穿着过膝的旗袍。爱看电影的她，每看完一部电影就马上学唱该电影的主题曲，不论是轻快、抒情的《我爱吹口哨》《初恋女》《葡萄仙子》或凄怆的《寻兄词》，都是母亲的最爱。

当然，二十八岁的她最开心的还是终于有了可以匹配的异性朋友。原来随着抗战的胜利，青岛女中来了好多个男老师，都是从大后方刚念完大学回来的青年才俊。母亲在这些才俊中，挑选了外表俊秀年纪又和她最相配的父亲，开始交往。

父母是在 1948 年 7 月在青岛结的婚,9 月父亲去南京中央大学中文系找他的恩师张世禄。彼时时局已经大乱,张教授推荐父亲接空军参谋大学的教职,得到两张去台湾的船票,12 月下旬父母在兵荒马乱中,跟着空军参谋大学撤退到了台湾。在台湾,才算正式展开婚姻生活。

婚后两年,哥哥和我相继出世。听父亲说,那时的母亲,对我们家充满了热爱与活力,她总是一面卖力地做活、洗衣服、擦地,一面哼着《初恋女》《葡萄仙子》。父亲常开她玩笑:"你和地板有仇吗?干吗擦得那么用力?"

母亲的巧手除了做衣服,还替我和哥哥折纸、剪窗花、做纸娃娃。聪明的母亲,会用包糖果的彩色玻璃纸,替我们的纸娃娃裁剪各式各样的衣服,她的巧思将我们的童年装点得多彩多姿,也装点着她自己的彩色婚姻。

1949 年到五十年代,台湾处于克难时代,物资极度缺乏,父亲微薄的教职薪水,不足以维持四口之家的开销,母亲只有节衣缩食,把省下来的钱全部用在我和哥哥的伙食上。听父亲转述,那时我们两个小孩,每天都能吃到自家母鸡下的蛋,难得在菜市场买到猪肉,也都进了我们贪吃的嘴里。在大人捉襟见肘的苦日子中,我们的鱼肝油等营养品没间断过。而母亲自己将剁碎的辣椒炒小白菜拌饭吃,吃到后来,她一看到辣椒就害怕。

一向只爱读书、写文章的母亲,为生活所迫,丢下纸笔,拾起锅铲,和眷村隔壁四川妈妈学炒面茶;为现实所逼,丢下书本,拾起针线,和对面湖南妈妈学纳鞋底、缝布鞋。纳鞋底时,针一再地戳破她的手指,那一针一线缝出来的小布鞋中,不知有多少母亲的鲜血与爱心。

除了做家事,母亲还负责督导我和哥哥的功课。小学一年级,老师指定我代表全班同学参加演讲比赛,文笔很好的母亲兴致勃勃地帮我写演讲稿,到今天我都牢牢记得她写的是"一只红蜻蜓的故事"。她一面挥汗如雨地在狭窄的厨房炒菜,一面指导我腔调、台风。生平第一次演讲,因为母亲的指导,我得了第一名。

母亲写得一手好字,所以她特别注重哥哥和我的毛笔字。她总是一面照顾着小我们七八岁的小弟,一面站在我们两人身后,大声发号施令:"勾……勾……停,快撇出去,再撇,好,提笔收尾。"我们照着母亲的指挥,一笔一划地写着,因为这样积极的指导,我后来写出来的字完全是母亲的味道。

那时的母亲,对我们全心奉献、无私付出。

不知是否因为苦日子过得太久,因为母亲怀念老家一直回不去,还是因为沉默寡言的父亲,对母亲的牺牲没有足够的安慰,导致后来母亲病了,生了找不出原因也就医不好的病。

刚开始,年纪还小的我们只觉得母亲唱的歌变调了,怎么那些轻快的歌曲如《葡萄仙子》《我爱吹口哨》都销声匿迹了,剩下的就只是那首悲凉万分的《寻兄词》了?

"从军武,少小离家乡,念双亲,重返空凄凉,家成灰,亲墓长青草,我的妹,流落他乡……"母亲一遍又一遍地唱,一遍又一遍地哭……

后来，那曾经愿为我们牺牲一切、付出一切的母亲脾气变坏，关心变少。她不再热衷于任何家事，不再唱歌，而总是躺在床上"发呆""休息"。

我以为母亲不再爱这个家，不再爱我们。家失去了太阳的照耀，成了一片灰暗，在黑暗中我独自摸索了好长的一段路，带着受伤的心远走他乡。

母亲初老，医学发达之后，才诊断出母亲因为对现实生活的长期不满与压抑，早早得了躁郁症。这毛病折磨了母亲四十多年。

2005 年 6 月 30 日，母亲以八十六岁高龄去世的时候，已经两颊凹陷、白发稀疏，脸上条条刻痕，在在诉说她于漫长人世间所受的精神煎熬。

母亲走后，留在我脑海里越来越鲜活的印象，不是她临终前的憔悴，而是五十多年前，母子女三人围绕着一台老旧的手摇缝纫机，一面看着母亲做衣服，一面唱歌、讲故事的画面。画面中，年轻漂亮又有活力的她，正低着头、弓着背，右手不停地摇转着缝纫机，摇转着她对婚姻的企盼，也摇转着我们儿时最甜美的岁月。

珍珠婚礼的感恩

在美国时，每逢感恩节众人分食火鸡大餐，就让我想起和丈夫的结婚纪念日。

在那个没有观光签证的年代，和在美国的未婚夫已谈了两年远距离恋爱，我们中间仍然横亘着无法解决的大问题："他的存款不足以帮我办赴美依亲"，"我的存款不足以缴留学保证金"。眼看浓情即将被时空漂白，我只有为难地开口向父母、亲人借用退休养老金，才终于得以和未婚夫在美国团圆。最感恩台大中文系甲骨文教授金祥恒，和我不过沾到一点点姻亲关系，听到我的困难，居然二话不说就叫女儿去把邮局里存的唯一存款提了出来。

我和丈夫利用期中考结束的四天感恩节假期办婚礼。我像一个外人，被一个刚谋面的华人教授牵着走红地毯，"参加"自己举目无亲的婚礼。婚后在学校附近租一间老旧房子的地下室作为新房，两人相依为命地过起不见天日的苦留学生日子。白天忙着上课、打工，而周末永远窝在图书馆 K 书。图书馆内不卖食物、饮料,但躲在图书馆地下室的我却经常接到丈夫"偷渡"进来的可乐。那沁凉甜美的滋味不仅停留在舌间,更停留在心底。当时一无所有的我们,因拥有彼此,满足得好似拥有全世界。

第一个结婚纪念日,阵阵寒风传来烤肉香,家家户户忙着过感恩节,我的丈夫却在餐馆打工,伺候别人吃火鸡大餐,直到深更半夜才回家。感谢肯负责任的他扛起所有的家计,让我这王宝钏只需苦守地下"寒窑",在没有电视与其他家电的新房,靠着一台手提收音机的陪伴,写整晚的读书报告,像灰姑娘一样等着十二声钟响。丈夫回来后我俩在昏暗台灯下,数着从他口袋里掏出的一张张扭曲、折角、沾着厨房油烟味的小费,三十,四十,五十……我们为赚到从未有过的高额小费而欣喜,在别人国度的感恩节里,忘了庆祝自己的结婚纪念日。

平日在旅行社做兼职会计的丈夫,为了赚这五十元额外收入,累得整夜无法阖眼,脑子如跑马灯不停地旋转着他在厨房与餐桌间忙碌的身影。

我们在第二个结婚纪念日前,双双拿到硕士学位,我怀孕多日准备待产,他则进入当时世界第一大企业,美国通用汽车公司上班,我们不但已搬离地下室,住到有阳光的"地面"公寓,还可以去外面餐馆让别人端盘子伺候我们过感恩节了。当晚,丈夫感慨地拿出丰厚的小费给侍者。侍者参不透我们内心走过的辛酸路,读不懂我们眼神流露的感恩情,面对意外的收获,脸上写满诧异与惊喜。

后来的人生较平顺，丈夫在通用汽车公司因为认真求表现，年年加薪，年年升职。短短几年时间我们有房有车，反倒对结婚纪念日没有留下太深刻的印象，大概都会吃个烛光晚餐或和朋友共度佳节。等到丈夫被外派回台湾工作，我除了有衣锦还乡的喜悦，最开心的是正值结婚十六周年，我们第一次走进照相馆拍台湾流行的婚纱照，弥补十六年前因为经济上不允许，没有挑婚纱、没有换礼服的遗憾。

摄影师看到我们的欢欣与好奇，还以为我俩是刚结婚的新郎与新娘。

在台湾长住后，因文化不同，也因两人在职场上的工作需要全心投入，常常忘记过感恩节，也就忘了结婚纪念日。直到自己快过珍珠婚时，瞥见白发苍苍、满脸皱纹的老父、老母，蓦然回首，才想起当年为爱远走他乡，在异国结婚，让父母错过我的婚礼，更让外表内敛、内心最疼我的老父，错失他手牵唯一的女儿走红毯的机会，剥夺了他做父亲的重要权利。我很懊恼在台湾定居了这么多年，怎么只想到弥补自己的遗憾，却从来没想过该弥补父母的遗憾？于是我决心把珍珠婚办得有模有样，如同小型婚礼、喜宴。

我先打点父母的行头，分别替他们买了宝蓝色与藕红色的丝棉袄，并配上红花，把他们打扮得像主婚人；而我则穿白色长礼服，捧着花，牵着已巍巍颤颤的老父亲走入会场。我深深感受到他那微汗的手掌中送出的温暖。

在盛装出席的三桌亲友前，我对父母道出迟了三十年的感恩话语,除了感谢父母的教养栽培之恩,更感谢父母在本身环境捉襟见肘的情况下,因为爱我,大胆借出他们可能收不回来的退休金,让我以留学生身份赴美与等了我两年的未婚夫团聚,成全我去赌一个完全不可测的未来,圆我那个他们根本不放心的婚姻之梦。

三十年过去,因为努力经营,也因为幸运押对了宝,我赢得当时并不被看好的幸福人生。除了对父母的感恩,我们夫妻彼此感谢修得共枕眠的缘分,两人合唱当年的定情曲《最后的华尔兹》(*The Last Waltz*),献给父母,也献给来宾。我们唱出在同学安排的圣诞舞会里,共舞最后一支曲子而一见倾心的情怀。那时代,开舞会是不被校方允许的,同学借了朋友的公寓,悄悄办舞会,以为可以安全过关,没想到还是被邻居抱怨,告到警察局去。第二天每个人的大名都以李×真、张×玲见诸报端。

最难得的是我们的独生子专程从美国赶来参加喜宴。他西装笔挺,摆脱一向腼腆低调的个性,愿意当众献唱两首曲子,表达对我们的祝福。

对照三十年前在美国那举目无亲的婚礼,这三代同堂、亲友齐聚的喜宴,让我永记心怀。更何况珍珠婚后第二年,高龄母亲因癌症去世;再过几年,失智的父亲已不再认识我这朝夕相处的女儿,虽然他的笑容依旧,他的手掌依旧温暖如昔……

父母都去世后,结婚纪念日成了永远的感恩节,我再也不会忘了。

断　香

几乎所有的中国节日都很直接地挑战我们的感官,如随处可见颜色缤纷的卡片、璀璨的烟花与高高挂起的灯笼;贴在耳边,热闹团圆的人声与喜气洋洋的鞭炮声;至于极致烹调的年菜、美食,更以百味愉悦我们的味蕾与嗅觉。似乎只有中秋,要特别安静下来,用沉淀的心去细细体会,才听得到隐在树间的声音,看得见染在水里的颜色,嗅得出藏在风中的味道;至于明月洒下的清辉,更要慢慢品尝,如人饮水,冷暖自知。

以前我曾寄居北国异地,四季分明,每至中秋,听阵阵秋风催叶落,看群群大雁往南飞。夜晚,在一轮明月下,徘徊我内心的总是浮云游子思念黄昏故乡的惆怅。

虽然如此,在这些传统节日中,我还是最喜欢中秋,因为这是母亲最喜爱的节日。

母亲乐于阅读写作远超过做家事,所有以食为主的节日都带给母亲沉重压力,每逢节日前她就眉头深锁、满脸烦气。虽然我们家人口简单,在台湾,尤其是南部,也没什么亲戚,但在五六十年代的传统时代,她还是得适当地演好家庭主妇的角色,被迫丢下书本,用写字的手,跟邻居妈妈们学灌香肠、腌腊肉、包粽子。早期的眷村,晒香肠的竹竿都晾在墙头上,谁家灌了多少香肠,腌了多少腊肉,凡经过的人都看得一清二楚。爱面子的母亲,总勉为其难地应付,也会要我和哥哥帮忙用白线把香肠一节一节地分隔打结,再用细针戳洞,放掉香肠内的空气。

只有中秋节,母亲不用特别张罗饭菜,可以像平日晚餐一样草草打发。至于文旦、月饼都由父亲采买,经济不宽裕,也不用多讲究,一碟枣泥、五仁、豆沙不同口味的月饼,配上乌梅酒与明月,就拼凑出颇有诗意的中秋了。

当我们全家由东港大鹏眷村搬到冈山镇那红瓦灰墙、独门独院的公家宿舍时,我第一次住进客厅、餐厅、卧室都有隔间的房子,一切似乎将随着社会繁荣而进步,好不欢喜。唯独母亲生病的心,并未因经济改善而有起色。但中秋节那晚,她的心情铁定是好的。

我和哥哥、弟弟,三人抬桥牌桌到客厅外的水泥平台,就着灯光与穹苍下的一片银月,欢喜下棋,我们开心,因为今晚母亲难得展现欢颜。弟弟年纪小,下棋段数浅,在旁观棋不语,父亲则笑吟吟地忙着下"指导棋",平日餐饭后立刻上床休息的母亲,坐在摆着月饼、文旦的院落一角,仰望明月,默默喝着乌梅酒。清辉遍照玉作天地,月光孤影,有如烟似梦的朦胧。

没多久,情绪不稳的母亲开始找碴:"你们不赏月、咏诗,紧盯方格子厮杀,简直太煞风景了。"

接着她习惯性抱怨起父亲:"你这个念中文系的,没有一点文学气息,哪像个念中文的?"

听到这里,我紧张得放弃刚要过河的卒子,把棋盘让给小弟,站起身来。十几年共同生活的经验,我已如训练有素的猎犬,在母亲说话的口吻中,立刻嗅出母亲挑衅的火药味,我赶紧坐到母亲身旁,陪她聊天,深恐她自觉被孤立,或生气为何我们总是对她眼中一无是处的父亲太好。爱钻牛角尖的她,发起脾气不可收拾,定会搅乱今夜全家少有的一池和乐。

但奇怪的是,常被母亲找碴的父亲,却永远慢半拍,不知警觉,还紧盯棋盘不放。到底是他不开窍、不肯学习,还是他大智若愚,以不变应万变,来对抗母亲的焦躁与变化多端?和母亲的婚姻关系中,他永远是个输家,自投罗网的输家,就如他下棋,永远输在相同的布局,相同的路术上。不管母亲怎么变着花样测试,他永远先飞象、跳马,才走车,不知变通,最后他这老将总是落入陷阱,输在母亲的双响炮或回马枪上。

夜深,凉露侵台阶,母亲没有和我谈诗,却聊起了花,并不是应景的桂花,是入秋前,院子里早已繁华凋尽的栀子花。她说最爱白色、单瓣、素颜的栀子,花香袭人,却甜而不腻,久闻不厌;尤其花香从层层绿色叶底随风飘逸,余韵间断而不断,如深藏不露的高雅美女,若隐若现,透过距离,最能诱人。

最后母亲缓缓道来,她六岁丧母之后,外公在老家养了一大盆栀子花,说外婆人如栀子花般素雅,还说赌花最能思人。

外公爱吃枣泥月饼，也最爱过中秋。从谈话中，我感觉出母亲很仰慕外公，但遗憾多年后外公娶了后娘，母亲自觉成了无人疼爱的孩子，让她一生成了讨爱的人。

从小，我与母亲总有距离，对她有怨，更多些惧怕，怕她、怨她长年卧床，情绪躁郁，家人动辄得咎。我们总是随着她的心情起伏，过着不安的日子，前一刻的温馨祥和，可在毫无预警的情况下转变成流弹四射，让神经纤弱的我逐渐和她疏离。这个难得靠近母亲，听她细述栀子花语的月夜，虽经过无数岁月的流转，却始终深印于脑海，陪伴我走过晦涩青春，留下温暖的回忆。

当我寄居异乡美国时，与亲人天地远隔，初期因不堪负荷机票，得隔上好几年才能与台湾的家人见上一面。每到中秋，在密西根湖边的断鸿声中，我才真正读懂诗词里古人中秋望月的悲凉，也才认真体会母亲远离家乡，隔海望月，怀念外公的郁闷情怀。

幸运的我在海外寄居十六年后终能回到台湾定居，和已迈入老年的母亲共度了十六个中秋。彼时看人们涌向公园，用团圆烤肉来庆祝中秋，虽然新鲜，但一时不能随俗。我们依然喜爱选自家一方院落，下着象棋，品着一碟枣泥月饼，浅尝几杯乌梅酒，细细体会中秋之美与静。

母亲去世，父亲失智后，我和丈夫尝试带着月饼、文旦去公园，沾别人的热闹来过中秋，但最后总是坐在公园的木椅上沉淀自己，用心怀想母亲在我身旁的中秋，去思念那白色、单瓣、素颜的栀子花从风中飘逸出来的那股甜而不腻，已经断了的花香。

闪，年节

　　这已是我二度来到美国拉斯维加斯的"Mirage海市蜃楼"大酒店，庆祝"闪，年节"了。

　　无日夜之分的赌城，最适合刚跨过太平洋的我来这里调时差，养身心，过几天完全脱序的日子。它的恢宏气派，不会让我回忆起在狭窄厨房里忙着揉面、擀皮、剁肉、切菜的父母和围着一面方桌包饺子的手足；它的人声喧哗，尤其不会让我联想起我婚后在美国中西部十六年岁月和儿子、朋友围炉时那股热气蒸腾的窝心温暖。

　　为了文化的传承，总在无人过年的异乡，努力营造过年气氛。我会挑一个最接近春节的周六，一大早下厨做羹汤。按照傅培梅食谱，做出脆皮烤鸭、蜜汁火腿、鸡丝拉皮等大菜，邀十位同为天涯游子又亲如手足的朋友共享丰盛的年夜饭。

　　饭后，要一群在美国出生、英文比中文好很多的儿女，在大人面前排排站好，用中文说几句吉祥话，向我们鞠躬拜年，然后各家家长拿出红包，发给自家的孩子，就怕这些ABC记忆中只有圣诞节，忘了中国人的传统。

某年，我还特意带儿子在农历年节回台，要他感受我儿时的年味。围炉后，我们慕名去台北中山纪念馆广场前放鞭炮。在美国寂静郊区长大的十岁儿子，第一次见识到铺天盖地的火光横扫与烟花乱窜，更听到有如亲临战场的鞭炮轰隆；他对当时台湾过年的激情与震撼，留下难以抹灭的深刻印象。

赌城这里的每个房间、每个角落，都收拾得光可鉴人、一尘不染，处处有鲜花、盆栽点缀，因此我不用揣摩年幼时父亲带领全家刷锅底、洗纱窗的情景来个大扫除；也不必追随爱花母亲的背影，去花市买大盆水仙与盛开的寿菊，为空寂客厅补春天彩妆，添幸福味道。

这里的大厅亮着无数盏姿态傲人的水晶吊灯，悬垂着巨型织毯壁画，向拥进酒店的人潮招手，展现她撩人的魅力。但真正让我欣赏的是她的奢华俗艳，绝对拼凑不出一幅年画，更烘托不出那种空气里跳跃着期待的欢愉音符，飘溢着团圆馨香的家之气息。

在这儿，有睡眠障碍的我，不会焦虑众人皆睡我独醒的孤独，因为玩家们都以为可以操弄命运于指掌间，个个都在兴头上，不到天亮不会歇手；也不忧愁在太阳睡饱的时候我依然在厚重的帘幕掩护下沉睡不醒，因为醉客们都以为生命可以豪气挥霍，个个过着颠倒岁月；最精彩的是，无论踩着怎样的节奏与步调，总有人陪我，永远不会落单，我喜欢这种淹没于人群的感觉。

对面走来低胸露臀、身材火辣、手持托盘的兔女郎，我从她的托盘上拿起一杯龙舌兰酒，放下一元小费，转身就挤入"大家乐"的博弈，跟着众人起哄，高声叫嚣，好像我根本就是这大家族的一分子，管他肤色是褐、是黑、是白还是黄。表面上举杯和大家说：Cheers，世界和平！内心却暗暗庆幸，有这么多不相关的人陪着我熬夜，熬煮一锅漫漫长夜的"年"粥。这总好过前年在台北的除夕夜，我兴冲冲地换上新衣到餐厅吃年夜饭，谁知才踏入餐厅门口，"围炉名单"大字报迎面而来，上面密密麻麻写着：张某某全家福十二人，李某某全家福十五人……当我看到自己的名字蔡某全家福二人时，那个"二"字无限放大地跳了出来，特别刺眼，它在眼前刚吹来的北风里旋转，恣意挑衅。霎时，我那颗喜悦之心，像飞过千山万径不见人烟的孤鸟，只觉天寒地冻，好个严冬。

现在挤在我右手边，身着毛皮华服、戴晶莹钻饰的女士，发间传来淡淡的花香味，悄悄地打开我年幼时珍藏的聚宝盆，里面藏着每一年母亲为我在卖货郎的摇拨浪鼓声中，挑选的花绢手帕和橘色迷你香水，那混合着茉莉与玫瑰的花香味，正悠悠地跨过远古的时空隧道，扑面而来。这该是我喜爱美好事物的最早启蒙，虽然彼时家家清贫，户户缺钱，而母亲的手上更是拮据不堪，但她总会说："过年嘛！"就把那份该属于她的对美的奢求与享受恩赐于我了。

聚宝盆中的另一个宝是昭和二十年的日币。

小时家住东港大鹏湾边，光复前是日本海军军官宿舍，地板离地底约一公尺高,下面很容易累积尘垢。每逢过年,母亲忙着灌香肠、腌咸鱼,父亲就负责钻进地板下面去大扫除,我和哥哥们则利用机会下去冒险。

在年度冒险中,最大的刺激是在厚厚的尘埃里,搜寻上面写着昭和二十年的日币。我们将其一一洗干净后,当作将来可以变卖的古董,珍藏于漂亮的玻璃瓶里,算是发给自己的大红包。

近处,某个吃角子老虎传来哗啦哗啦响个不停的代币声,简直就像台北街头那大片如海浪起伏、彻夜燃爆不歇的鞭炮声,牵动我好不容易才平静的心,不由得想起和娘家人最后一次餐馆的大团圆。那时母亲已经卧床很久,即便上下汽车那么短暂的移动,都让她喘得像在拉扯古老的风箱。但她仍努力地撑着、熬着,为凝聚、维持那十个人满满一桌浓浓的亲情氛围。

Casino隔桌的人群发出一阵惊呼,原来红色轮盘开出幸运数字,围观的人凑热闹一起为赢家兴奋地数着筹码,一百、两百、三百……

这不就像是穿着宝蓝色新棉袄、腿上盖着一层薄毯、坐在沙发上的父亲?他笑吟吟地数着他的"压岁钱",一百、两百、三百……数到九百,失智的他不会进阶,停在"九"那好一会儿,再回过头从一数起。几千元的红包,让父亲数了整晚,也开心了整晚……直到夜深,父亲该休息了,外劳要帮他梳洗,他仍抱着他的"压岁钱"不放,还大声宣示:"这些是我的钱,不准碰!"

当儿女成长离家,手足散居世界各地;当母亲的老风箱停止拉扯,黯然无声,儿歌哼不停的失智父亲移居天国;当生命之流里的一叶方舟上,只剩下我们夫妻俩时,该怎么驻守清冷得令人焦灼的家,炒热过年的气氛? 我们该如何在迎接充满希望的春节时,听左邻右舍热闹欢笑,闻饭菜飘香?

于是,我和丈夫开始在农历春节前夕打包行李,把蕴藏太多柔软温情的"春节"二字打包,封存于硬硬厚厚,又没什么表情的字典里。然后我们相偕飞到美国拉斯维加斯的 Casino,在完全没有过年气氛的异地,庆祝我俩的"闪,年节"。

佳　酿

夜幕低垂，我俩来到一家西班牙餐厅，门口是个别致的圆形拱门，从半开的锻造镂花铁门走进去有个小庭院，灯光打在三层式喷泉上，水花泉注，波影荡漾。看着我和儿子两人的倒影在水面流动变化，忽明忽暗，真像流动岁月中两人的关系，忽远忽近。

我们挑选了靠窗子的一张方桌坐下，桌上铺着橄榄绿的亚麻桌布，一个晶莹剔透的水杯里，飘浮着像云般的蜡烛花。花心的金色火焰，跟着钢琴流出来的旋律左右摇摆。流影、烛光和燃在壁炉里的温暖火舌交头接耳，轻声诉说一些它们曾听过的故事。我左右顾盼这一派低调奢华与浪漫，对儿子的选择，有种莫名的安慰。看来他对美食与氛围的品位与爱好，不但和我同出一辙，还更青出于蓝了。

这几年来，住台北的我和长居美国洛杉矶的独子，实体与内心世界的距离都相当遥远，虽常因思念儿子失眠，却尽量压抑自己少来看他，免得他误会我来查勤。这次前来，还假装用处理房子当借口。

　　翻阅琳琅满目、厚厚一本菜单，我像是在翻阅一本贴满过往多彩多姿回忆的相簿：起司蘑菇，是儿子小时候黏稠磨心的光景；菠菜冷汤，该是现在疏离的写照；马铃薯蛋饼，应是他现在的新欢最爱了？主餐儿子点了口味浓香的番红花海鲜烤饭，我则是清淡少油的鳟鱼佐芥末酱。

　　酒保送来一瓶西班牙利奥哈产区的红葡萄佳酿，我有些意外，什么时候儿子已懂得品酒了？开了酒，我俩举起水晶酒杯，轻触了一下，发出清脆的"叮"，然后互相祝福："Cheers！身体健康！"完全没有酒量的我，浅尝酝酿多年的葡萄琼浆。嗯，果然顺口，那甘醇余味停留在舌尖味蕾，久久不去。

　　看着儿子愈来愈有分量的身材，觉得好陌生，这可不是当年他十八岁离家时的模样；岁月不能倒带回流，我对儿子的改变没有多少置喙的余地。根据这几年的经验，我知道任何情不自禁的关爱，对亟欲与过去告别的儿子来说，都可解读为隐私的侵入与独立的剥夺，我得小心翼翼、紧紧关闭自己心湖里那澎湃激荡的水龙头，不能随便滴漏溢出。

　　在这次来美国之前，我已经先一再复习哪些禁忌不能提，哪些地雷不要踩。开口前要先察言观色，看看儿子的情绪再考虑说话的内容。因为这些限制与规矩，让我一时尴尬，不知该如何与自己儿子对话才好。

　　一年不见的儿子长发披肩，前额垂下几条染成宝蓝色的头发，是在向我宣战？我已经成年了，头发爱染什么颜色就染什么颜色。其实他已经挑衅多年，不知这种独立宣言要延续多久才能和平落幕？所以我干脆故作大方，弃械投诚，用修饰过好几遍的语调说违心之论："哇！你这头鬈发真酷，越来越有音乐之父巴赫的风采啦！哦，我该说，你越来越像个物理学家了。"

其实，我心里急着想问的是："你的物理博士论文到底要拖到何时才能结束？你从小到大被我像艺术品一般雕琢，要等到何时才愿被展示？"

两杯红酒下肚，儿子的脸已经通红，额头微微沁出汗珠，而我依然小口小口、慢慢品尝着醇酒里那层次丰富的不同滋味，像是回味过往岁月里不同的母子关系。

还记得儿子念幼稚园小班时，每天只上半天课，不过短短三小时的分别，母子俩都觉得如隔三秋，再相会时总是热烈相拥，格外地兴奋。午睡时，儿子还要牵着我一根小指头，依偎在身边，感受妈妈的体温，嗅着妈妈的味道，才肯安然入睡。粉嫩的小脸蛋上，透出全然的信任与依赖，我看了又看，真舍不得闭上眼睛。

晚上，我会念故事给他听，念完了，惯例先抱抱、亲亲，才道晚安。这一抱就是十八年，直到他念完高中，离家去美国念大学，我才顿然领悟怀中已无襁褓，只空留不忍投影回眸的记忆。

儿子八岁时还怕打雷。一天半夜里雷电交加，他被吓醒了，从自己的房间跑来敲我夫妻的卧室门，嘴里还不停地喊："妈妈——妈妈——我害怕！"

我刚睡下没多久，睡意方浓，真希望这一次，就这一次，丈夫能破例起个身，帮忙安抚一下儿子。但在朦胧中，我只听到那因工作绕着地球跑、在儿子的成长过程中经常缺席的丈夫，对着门外大声嚷嚷："你都几岁了，半夜还像三秒胶紧黏妈咪，她明天怎么上班？快自己回房去睡！"

被丈夫吵得清醒万分的我，舍不得儿子受惊吓，快快下床开门，搂着儿子的肩，带他走回房间，还轻声细语地说："不怕，不怕，有妈妈在，怕什么呢？"然后侧身挤在儿子床上，抚着他的额头，没几分钟他就安心进入梦乡。但，我则如往常一般，因为这样的折腾，又失眠到天亮。从此这种失眠的毛病就如影随形一直跟着我，每次医生开镇静剂给我时，总爱问："为何到了夜晚如此焦虑？"我一言难尽、欲语还休，不知该怨儿子亲密黏缠，怨丈夫鲜少协助，还是怨自己沉瘾于一种裹着糖衣叫作被需要的毒药？

他念高中时，课业吃重，考试频繁，天天要熬夜 K 书，苦不堪言。我看在眼里，总是强打起上了一天班疲惫不堪的精神，陪他一起熬，熬红枣麦片粥，熬一锅漫漫长夜的母子情。

"叮"的一声，儿子又和我碰杯，把我拉回现实。表面上和儿子在享受美食的我，内心有千千结："你是不是发现自己对研究工作没兴趣，却又不甘愿放弃这即将到手的博士学位，所以困顿郁闷？"

打破僵局、问个清楚才是此行来美国的真正任务啊，我举起酒杯，默默啜了一口，想为自己壮胆。

儿子高中毕业要离家远去美国念大学，已是一百八十几公分的他，在桃园国际机场即将出关之际，弯下身来，搂着我的肩头，像小时候被送去夏令营那般流下难舍难分的泪水，眼神里露出对展翅单飞、面对外面世界的惶惑不安。他那份依依顾念之情，让我似乎重回产房尝受分离撕裂之痛。

飞机载着朝夕相处十八年的儿子消失在云端，我的脸还紧紧贴在海关玻璃大门上，久久无法离开。回到家，但觉房子里不知少了多少东西，有种摸不着天、踩不到地的空旷与凄惶。

喝了酒的儿子，心情倒是大不同，话题不自觉地由他的舌尖如珠玉般滚滚而落。他兴致勃勃地说，年前参加一个精彩的演讲，主讲者是某个电视节目制作群，其中有个制作人是杰森，"妈，你还记得那聪明绝顶，但不爱洗澡的小胖子杰森吗？"啊，杰森，儿子的小学同学，跟儿子一样数理奇好的独生子，我怎会不记得？那时为了让儿子有玩伴，常常把杰森接到家中过夜。两个小胖子一起玩猜字、拼图等益智游戏，到半夜都不肯睡觉。我心甘情愿在难得休息的周末当两个小孩的母亲，只要儿子快乐。

现在听儿子提起杰森，日子好像又回到那无话不谈的从前，那个从前，是可以坦诚直言："你是不是因为以前人生太过顺利，对现在的自己充满失望、愤怒，就故意疏远我们？"

曾经，儿子像候鸟往返美台两地，我则守着旧巢，细数归期，并分享他在大学成绩单上永远 A 的成绩；从物理学会得到的荣誉奖章；在研究所里做助教，学生对他教学的赞美，教授对他工作的嘉勉……真情交会虽短暂，但足可填补分离的空白。

一两年后,儿子放假开始找各种理由不回台北,平日更是关闭起他的内心世界,以前的越洋热线被冷冷的答录机过滤隔绝,不明就里的我一味地要追问原因,儿子语调不带感情地回答:"你别太黏我,这样会让我有成长障碍。"奇怪,好端端的关爱怎会和成长障碍画上等号?

刚开始,我还检讨自己是否忙于工作,冷落了长年在美国念书的他,导致他心中生怨?他人生似乎遇到瓶颈,我应当提早退休,放下丈夫,赶赴美国伺候他的饮食起居,以便他能专心学业,儿子的前途可比什么都重要!谁知话还没讲完,他马上呛声:"如果我一个人生活太寂寞,陪伴我解寂寞的人,也不该是妈妈你啊!"

这句话像一把利刃,冷冷地插入我的心中,让我不禁打了个寒噤。不是一日为母,就终生为母?难道做母亲也是种职业,只有阶段性任务?还想继续为儿子付出生命的我,在儿子口气中,怎么成了极欲切割摆脱的包袱、完全不重要的过去式?从来没考虑过这种问题的我,不知该如何配合儿子将母爱调成过去式。

趁着儿子在喝酒的当儿,我忘情地浏览着他脸上好久不见的光芒,尤其是那眼神中闪烁的灿烂。啊,若能把他脸颊和脖子间多余的赘肉删除些……

"妈,你干吗这么奇怪地瞪着我看?是不是又嫌我胖?真受不了你,为什么你就不能轻松一下,好好和我聊个天,总是鸡蛋里挑骨头般放大我的缺点?"

我还没张口说一句话，马上被比猎犬还灵敏的儿子抓包，吓得我赶快收回漫游的眼神，专注地看着他的眼睛。儿子一向超级敏感，精准地读出我眼神里写的密码。

餐厅壁炉里的柴火"扑哧"一声，烧尽最后的温暖，迸出好多星火，桌面上的金色烛光也不知何时已熄灭，酒瓶也空，只有我手上的酒杯里还剩下小半杯如血滴的残红。

"难道你以前的积极进取都只是配合我的期待？你其实很享受这种停顿不前的日子？你的冷漠纯粹只是不想见到这个沉溺于过去、不接受改变的母亲？尤其讨厌我成天打着关心的旗子侵犯你的私领域？"

这些问话已经涌到舌尖就要出来了，钢琴伴奏戛然中止在一个高亢的音符上，好像在为我内心种种呐喊，弹出一个绝妙的休止符。

我真想把这些在内心里不知回荡了多少遍的问号，借酒壮胆，一吐为快，但最终只默默把酒杯里最后的佳酿，狠狠一饮而尽。混合着浓浓木质香的葡萄美酒刚被吞到喉咙，巧遇堆叠在喉头的千言万语，两者相互冲撞、纠结，最后，都被我硬生生地吞了下去。它们在我的胃里上下起伏，左右翻腾，像是两道烈火，既烧着胃，也烧着心，似乎要在体内另酿一壶更浓更醇的佳酿。

渐渐地，我好像有种要被升起来的感觉。喔！不对，要被蒸发了？不对，头好重，要被灭顶了？也不对，要被销毁溶蚀了？但什么都不是，我只是要呕吐了。

　　从洗手间出来，我步履不稳地走回座位，像是轻轻踩着柔软的蓝天、白云，内心无限开朗、舒畅。在醉眼惺忪之际，看到我和儿子都在漂流的玻璃宫里，他无止境地膨胀起来，越变越大，而我却越变越小；我俩在白色的烟氲中浮动，儿子慢慢游到身边，无限爱怜地抚摸着我的头，像小时候，我抚摸着他的头一样；他温柔又疼惜地搂抱着我，像小时候我搂抱他一样。之后，扬长而去。他的背影，逐渐消失在白色的虚无里，把渺小的我与所有的挣扎，都留在无边、无际、无何有之乡。

　　酒醒后，我闻到四周荡漾着莫名的复合果香，感觉身子特别地轻盈，有着剔透的纯净，眼睛也出奇的明亮，才发现座位对面墙上，挂着一面古铜色刻着细纹花边的棱镜，正魔幻般闪过一张张面貌，是没有婚姻之前，走在椰林大道，走在杜鹃花城的自己，是对人生充满了好奇、热情与憧憬的自己……

　　五天后我处理完房子问题，立刻打包回台北，在洛杉矶机场和又高又大的儿子拥抱时，有着永别的味道。

十五年后的康乃馨

　　每年母亲节前夕,办公室的美工一定会手工绘制一个比一般卡片大上两倍的超大母亲卡,用粉红缎带点缀,并贴上纸作康乃馨,要办公室同仁传写,为部门中年纪最大的母亲——我,写上他们的祝福。

　　后来因为部门越扩越大,巨型卡片已不敷使用,美工就干脆做一本漂亮的小书,里面装订有二十多页的彩色纸,任同事尽情发挥。所以每年快到母亲节时,我们英文教材研发组的人突然成了美术画画班高手,个个挖空心思,用彩色笔画插图、漫画,贴上各色贴纸:有爱心、有 Hello Kitty、有立体蛋糕,再洒上 blink blink 的金粉、银粉;老中同仁用中文写贺词,老外用英文写,最后美工总结大家的创作,设计封面、封底,完成一本充满祝福的母亲节小书,送到我的手上。

　　当我满心喜悦地享受着同仁浓浓的爱心时,也在悄悄地看着月历,数着日子,等待邮差送信的时间,焦急地期盼独子从美国寄来那真正名实相符的母亲节贺卡。

　　上一次我和爱子共度的母亲节，是在他高三快毕业那一年，我们一家三口在台北一家意大利餐厅庆祝。比我高上一个头的他，恭敬地递上紫色信封，里面装着紫色卡片，他知道神秘梦幻紫是我一向的最爱。平常并不会甜言蜜语讨我欢心的他，生平第一次在卡片上密密麻麻地表达他内心对我的感谢与赞美："您十八年来的教导之恩，岂是感谢二字能描述？我带给您欢笑，但也带给您更多的痛苦与挫折；点点滴滴，铭记在心；我能成为今日的我，全靠您用心培养而成；虽然即将离开家面对外面的世界，但我一点都不怕，我知道您的爱永远在背后支持我；言语无法表达我对您的爱，只能说感谢，再感谢！"

　　儿子在美国出生长大，到十四岁才因为丈夫被美国通用公司调到台湾工作而跟着我们到台湾居住。我很骄傲他能讲一口流利的中文，也能略读浅显的中文，但他写的能力最弱。上面这张卡片他虽然是用英文写的，但文字不是感情的障碍，我把他这张卡片珍藏于照相本里，更珍藏于心中，时时翻阅，时时回味，总有一股甜蜜在心头。

　　高中毕业后，儿子去美国念大学，接着念硕士、博士，一去就是十年。每年的母亲节正是学校上课时间，他不可能回来共度，只能靠越洋电话与越洋卡片，维系着我们之间的母亲节。

　　不知道是否时间、空间的隔离，不但会造成男女感情的疏离，连血肉之亲也会渐行渐远？我总是在一个母亲最在意的节日无法准时收到内心最在意的卡片，而且从迟到一天，两天，到……

我看着DHL快递公司送来他花了三十多元美金邮资,紧急寄来的三元美金的卡片,从他的潦草笔迹与两句母亲节快乐、身体健康的应景俗套中,我解读的不是真心祝福而只是匆忙应付,心中很不是滋味;忍了几年后,终于在电话中说出我心中的痛:"每年母亲节,妈妈都会收到厚厚一本写满很多祝福的母亲节小书,但你该知道我真正在乎的是你那薄薄的一张卡片,因为你才是全世界唯一称我妈妈的人哪!"

我伪装出云淡风轻的口吻,但在电话这一端眼泪还是不听话地流了下来。

感谢儿子,从此以后他的母亲节卡再也没有迟到过。

多年后,我的母亲去世,这是我第一次遭遇至亲的天人永隔,悲伤的海浪一波一波席卷而来,我几乎没顶。丈夫看在眼里,特意带我远赴欧洲散心。我们到达威尼斯时,正巧遇上母亲节,丈夫在一家面海的餐厅订好位子,那天,我在紫灰的衣襟上别了生平第一朵白色康乃馨,以此缅怀去世的母亲。

翻阅菜单,好似翻阅与母亲共度的最后十六个母亲节,更想念在远方的儿子。在恍惚中觉得丈夫有些坐立难安,还频频看表,一副心不在焉的样子;此时,岸边出现一个熟悉的身影,左手拖着行李,右手捧着一束艳红盛开的康乃馨,走进餐厅……

是儿子!

原来他私底下和丈夫商量好,排除万难,从美国转了两趟飞机,飞了二十几个小时,专程到威尼斯来安慰我,为我过节。

　　距离上一次我和儿子面对面在台北共度母亲节，已经是十五个春秋了！春去秋来，老了天地，老了躯体外形，老了多少人间事。

　　但母子情，永不老。

珠宝盒

于是我找来一个小镊子，小心翼翼地捏住珠宝盒抽屉底部的一角纸片。珠宝盒是婆婆的遗物，她历经三次中风、昏迷了二十天之后去世，结束了人间八十五年的情缘。婆婆一生历经多次战乱，一直随身带着这只珠宝盒，她遗言中说，要留给儿女们作纪念，以便睹物思人。

我第一次见到婆婆时，大大惊艳于她的美丽与时尚，尤其是她身上佩戴的设计独特的珠宝，虽然不一定昂贵，但都能突显婆婆的品位。当时婆婆送我的见面礼，是一个相当别致的18K金戒指，镶着昂然竖立的一颗金球，引人注目，犹如婆婆本人。

整理遗物时，抚今追昔，在泪眼婆娑中，发现珠宝盒底的抽屉下方露出一角泛黄的纸片。什么事物会藏在婆婆贴身珠宝盒底夹层？纸片悠悠，不知度过多少黑暗岁月？它是否一直在默默等待被发掘、被诉说？

我默默注视着它，觉得它在向我招手，呼唤我将它自幽微中释放出来。

于是我小心翼翼地以镊子捏住纸片，一点一点地抽，好似在抽着蚕茧上的丝，越抽越长；又好似在偷开别人上锁的生命之匣，会开出什么秘密？

早年我和公婆同住时，有一天公婆为了一件小事争执，吵着吵着，开始翻起陈年旧账，隐隐约约听到婆婆在指控公公："谈到钱我才生气，你不是说……多少年过去了，钱在哪里？钻石项链又在哪里？"

公公一向大男人主义，在婆婆面前总居优势，刚才还像一个饱满的气球，理直气壮数落婆婆没有金钱观念，这会儿却突然被针戳了一下，嗤的一声泄了气，软手软脚走到客厅，独自坐在沙发上生闷气，而一场口角也就在这条钻石项链上不了了之……

好奇的我向刚下班的丈夫打听这件事，没想到他对此话题毫无兴趣，不耐烦地挥挥手说："什么钻石项链，以前不就告诉过你，那是她编的神话？"

婆婆来自越南华埠一个富裕的米商之家，在20世纪20年代，家中就用福特与雪铁龙轿车代步，还拥有波纳街上的所有房子，年轻未嫁时的婆婆被街坊邻居称为波纳街的漂亮公主。

公公听到婆婆兴高采烈地和我聊及此事，撇着嘴角，半戏谑、半嘲讽地"哼"一声，而丈夫在一旁也有样学样地摇着头，对婆婆自夸是公主无法苟同。我看得出来丈夫崇拜公公，对自己的母亲，像是对待一个没长大的孩子，缺少几许尊重。但身为媳妇的我,当然喜欢这种走过漫漫人生长路,却没有累积过多的姿态、世故,依然纯真地拥有一双晶亮、好奇眼睛的婆婆。

在那"女子无才便是德"的年代,婆婆有幸念完私塾小学之后,被她父亲送回祖国广州,念基督教宣教士在南中国专为女子办的第一所女子学校真光中学。婆婆曾骄傲地说,陈香梅女士、胡志明的夫人曾雪明等,都是她的学姐。

真光初中毕业后,婆婆进入当时广州名气更大的培正高中。因为外形亮丽,个性活泼,在学校里婆婆是风云人物,能演会唱,不但参加咏诗班,连学生话剧的女主角,也非她莫属。怪不得当我第一次和婆婆见面时,看她举手投足之间落落大方,不矜持,亦不做作,怎么看都不像是20年代出生的长辈。

当中国全面陷入水深火热的抗日战争时,年方十八岁还是个天真烂漫大孩子的婆婆,奉父命嫁给她在广州刚认识,大她九岁的公公。婚礼在越南西贡国际商会举行,如童话故事般迷人,是少女梦幻的实现;美酒、鲜花、法式套餐与醉人的舞曲,从小在家中由舞师调教国标舞的婆婆,穿着法国巴黎空运来的婚纱,在婚宴中和不同的舞伴跳探戈、华尔兹,舞得尽兴,出尽风头。

婆婆故事讲得精彩,我听得津津有味,但忍不住问了一句:"新娘在婚礼中不用和新郎跳舞吗?"婆婆悄悄和我嚼舌根:"你那老古板公公什么都不会跳,我为了应付场面,和他跳了一曲'慢四步'就算交差了。"处处被老成持重的公公看低的婆婆,逮到机会私下在媳妇面前"修理"公公。

　　婚后公婆住在战火尚未波及的香港,过着甜蜜偏安的小日子。但当日本人掠夺香港之后,强迫驱逐尚未落籍香港的华人回归内地,而且没理由地抓走身为中国电力公司厂长的公公,拘禁四十八小时后饬回。吓坏的公婆,立刻变卖了全部家产,趁着夜晚,买船渡恶水,投靠越南的岳父。

　　往事重提,公公总青郁着一张脸,望着无际的天边,连连叹气不再出声。他的眼神少了平日的洒脱,多了几许飘忽;而婆婆说到这段故事时,也没有重返娘家怀抱的喜悦,反而像是受了无名委屈的小孩,眼里含着泪水。显然山河变色、仓皇逃难是回忆的暗井,令人神伤,不忍再投影回眸。

　　避开了残酷的中日战火的公婆,却避不开残酷婚姻生活中现实的争战,移居越南后的公婆好像受了某种魔咒,永远逃不开钱的战争。

　　在越南共和国总统府内负责华人庶务的公公,官位不小,但因不愿以职权换取额外收入,其薪水经不起从小花惯钱又爱在娘家充场面的婆婆,带着七个孩子啖美食、喝咖啡、看电影的折腾,才过月中,薪水袋就空空如也,不得不焦头烂额地外出张罗。丈夫回忆他在懵懂的儿时、昏黑的夜半,听到父母不断为钱争吵时,母亲会扯出一条钻石项链,而这四个字好像魔音穿脑,总让大声咋呼的父亲突然软化。

　　当时丈夫和他的兄弟姐妹也曾对钻石项链充满好奇,私底下曾经热烈讨论过,也问过公公。但每次问,就看到原本潇洒神气的父亲长吁短叹,不再言语,好似跌落一个他们进不了的幽谷。

儿女们心疼父亲工作辛苦,却月月入不敷出,对母亲不会持家心存不满。在他们眼中,外公外婆的情况,只剩世家的气焰,并没有太多世家的财力,所以推测钻石项链不过是一段母亲夸耀娘家过去财富的神话,是风中传言,终将随风而去。

当公婆熬到不再为金钱争吵的年纪,却又陷入南北越游击战,另一场更危险的战争,而无法参加我和先生在美国的婚礼。军备远胜过北越的美国不知为何就是打不赢这场当初他们完全没看在眼里的战事。美国总统遭国内舆论压力而宣布停战,大批军力撤出越南战场后,南越政府军迅即土崩瓦解,完全无法抵挡北越,伤亡惨不忍睹。公婆描述当时的西贡,满街都是断手、断脚的残兵,四处行抢。

才刚结婚一年还在念研究所的我,整天看丈夫急得如热锅上的蚂蚁,流着泪激动地读报纸、看电视新闻,不知如何搭救身陷战乱中的父母,尤其担心南越亡国之后,做过几十年官的父亲将面临什么样的命运!

1975年,西贡危在旦夕,美国开始计划有史以来最大的"直升机撤侨计划",为这场不名誉的战争,聊尽人道上最后的补偿。当时已经是美国公民的姐姐及姐夫,急中生智,大胆上书给当时的国务卿基辛格,恳请美国政府在拯救阮文绍、阮高祺等大人物时,不能忘记那为越南共和国服务几十年的唯一华裔官员——我的公公。

在分秒必争的生死关头,公婆幸运名列美国大使馆发出的最后一批撤侨名单中。接到那极其珍贵的紧急通知时,公婆只有二十四小时,打包他们在越南三十余年的人生。

当直升机自美国大使馆的顶楼起飞时,公婆亲眼看见举着红旗的越共大军,浩浩荡荡、团团围住西贡城市的四周,只等最后一批美侨撤离,要立刻"解放"西贡。城内多少无辜百姓,如在沸腾滚水中,高举双手,阵阵嘶喊"救我们、救我们啊!"

最后一班撤侨直升机,带着希望,也带着绝望,冉冉飞入夕阳余晖中无垠的穹苍。

婆婆的随身细软里,除了一个珠宝盒,都是七个儿女从小到大的成长纪录。常被公公及儿女嫌弃不成熟的她,却在永别自己家乡,一片仓皇的最后一刻,苏醒了。她终于剪断了和娘家的脐带,抛弃所有的虚华,选择她人生中最珍贵的儿女相片。

我在公婆落难的情况下和他们见面,但婆婆脸上的风霜掩不住她眼神里闪烁着的星芒。已抛弃所有华服的她,穿着一袭深紫色裤装、打着紫花方巾,仍不愧是永远漂亮的"波纳街公主"。

可能因为我们家有他们看着长大的孙儿,公婆虽有七个儿女,却常常和我们同游。后来赌城拉斯维加斯成了全家人最常拜访的地方。一向视钱财为身外物的公公,到了晚年不知为何突然迷恋起赌城的"拉霸"。每次去赌城,没有任何宗教信仰的他,却虔诚地站在他选定的一个吃角子老虎机前,祷告又祷告,祈求又祈求,然后才拉一把,希望听到哗啦、哗啦中大奖的声音。该吃午餐的时候,我看见他还在原地,劝他先吃饭,稍事休息再玩，但还没来得及开口，公公就急忙挥手说他吃过了，不要管他。

经济上已经没有任何匮乏与需要的公公，为何如此求"财"若渴？我既好奇又纳闷，偷偷问他："您中了大奖要买什么？"本来战斗性高昂的公公，突然长叹一声，悠悠地说："我欠你婆婆一个大承诺未还。"

除了去赌城，公公也开始热衷买彩券。每次一定买十张乐透，情绪既紧张又亢奋。遗憾的是直到去世，他从未中过一张彩券，也从未在赌城赢过一分钱。他走后八年，形单影只的婆婆也离开了人世，弥留之际，一再挂念没有任何财产分给儿女，只有一个历经战乱、一直保留在身边的珠宝盒……

我小心翼翼偷开婆婆上锁的生命之屉，开出的是一张满布岁月痕迹、斑斑点点的纸片。打开一看，一张 1942 年香港银楼的当票，典当物是一条镶有两克拉重的钻石白金项链。

所有在场的人都高声惊呼，脸色苍白，好似看到神奇魔幻异物。

1942 年，不就是公婆被迫离开沦陷中的香港，变卖家产逃到越南的那一年？

原来，在筹钱逃难时，公公确曾请托婆婆变卖娘家陪嫁来的钻石项链，并且信誓旦旦地说将来一定会加倍地还给她，并让她全身戴满钻石……

原来，钻石项链既不是风中传言，也不是神话！

那些昏影暗夜中朦朦胧胧的争吵，公公青郁的面孔，婆婆压抑的委屈,以及赌城拉霸的虔诚祈祷……突然间都有了生命,有了意义。

吹弹即破的单据度过悠悠岁月,在我手中轻轻诉说古老的故事,大时代的颠沛流离,小人物的卑微无奈,让那真心许下的明天,那重如泰山的承诺,都淹没在滔滔东流的历史长河中,永无实现的一天……

辑二　回　眸

黑　洞

Oh—Oh—Yeah—Yeah, I Love You More Than I Can Say.

当 Bobby Vee 的《爱你在心口难开》唱遍台湾大街小巷的60年代,我在台湾南部某省中念初二。刚刚进入青春期的我,对什么是爱有探索的好奇与漫无边际的遐想,特别喜欢这首西洋情歌。我暗自揣摩,爱情应该有些酸、有些甜,像青芒果的滋味,还是像一肚子甜言蜜语的水蜜桃?

某日,正在初二四班教室上数学课,坐在旁边的梅英,突然拿起教科书挡住我的左脸,悄悄地说:"不要动,外面走廊上有个学长在看你。"

我内心暗喜,先一脸正经推开梅英的书,小声回应说:"别胡闹,好好听讲!"话虽这么说,却不禁以眼角余光看教室外面的人影,个子不高,由制服上看出是高二的学生。我心中刚涌出的酸甜立刻被惊慌吓跑,因为他可能是最近两个月来的神秘跟班。

　　两个月前，一个再平常不过的放学时间，天边像是有大师挥洒了几笔绚烂又狂野的色彩，我和车友一如往昔在燃烧的晚霞中结伴骑单车回家。过了中山桥分手，一个右转往眷村，另一个左转往大街方向，只有我继续直行到省道边。

　　几次不经意转头，我发现身后几公尺外，有个人骑着单车不疾不徐、亦步亦趋跟着我。我本能地加快速度冲回家，但继而一想，这不就泄露了家的位置，不就更方便陌生人日后的跟踪？不行，应该想个办法甩掉他。匆忙间我转入一条自己从未走过的小径，意图摆脱身后的影子。

　　小径越走越窄，最后展开在眼前的竟是稻浪纷飞的水田，田垄横亘在前，无路可走。我被迫气喘吁吁地停下来，双手扶着脚踏车的龙头，望着四周被树丛封闭的田野发愣，不知如何是好。

　　我瞄一眼跟在身后的人，或许因为近视与慌乱，我完全看不清楚对方的面孔。只见他也下了车，停在既定的范围之外，一动不动地望向我这头，好像在等待我的指令来决定他的动作。我只有鼓起勇气，无奈又惶恐地掉头走回原路。

　　我力求镇定，保持没有表情的脸，其实手心捏着冷汗，心里敲着战鼓，扶着单车一步一步往回走，往那个人站立的方向。

　　和站在狭路边的他越来越接近了，我垂下眼帘，心跳和呼吸好像都停止，我脑中闪着收讯不良的画面，耳边听到水田潺潺细细的流水声……

　　没有任何动静。

　　低头的我心中默数:离他有五步、六步、十步的距离了……
然后,我骑上单车没命地飞奔,撞开自家红色大门,几乎是直接
从单车上摔到车棚底下。

　　趴在地上的我,两腿发软,有重生后的庆幸。好久好久,我
才惊魂甫定地爬起身来,发现哥哥的一双白球鞋被压在车下,
我赶紧扶正单车。经常抱怨被柴米油盐拖累灵性的母亲,非常
厌烦做家事,却很乐意帮哥哥清洗他的脏球鞋,还耐心地刷上
层层白粉,但可惜它现在已沾满我单车上的污垢。

　　十四岁的我虽然被陌生人吓坏了,却只字不敢向家人提
起。父亲下班一回到家,得马上丢下教书的课本,拾起锅铲下
厨做饭;母亲总是身体不好,生着永远检查不出也永远不会好
的病;哥哥念初三,要考高中,功课压力大;弟弟才上小学一年
级,什么也不懂;我就别去麻烦他们了。

　　追逃事件发生后,我每天上下课,被迫接受一个定时接送、
如影随形的"跟班"。他从不越雷池一步,我俩每天像两颗星子
走在固定的轨道上,从未有任何交集,却也颇有默契地不对外
揭发这个秘密。

　　两个礼拜后,我放学回家,意外看到通常躺在床上,背对房
门口的母亲,竟端坐在面对大门的客厅沙发,似乎在等待着什
么。果然,一看见我进门来,她迫不及待地丢一封已经拆过的
信在茶几上,不悦地质问:"你做了什么事,招惹个男生写信到
家来? 他是谁?"

　　我一头雾水,拿起信,看笔迹,完全陌生,每个字还都朝着

同一个方向斜着，很古怪，信中词不达意地堆叠着尊敬、崇拜的爱恋词句，要求做男女朋友。原来一封爱你在心口难开的情书，因母亲的逼问，变成一份超出我能力范围的考卷。一向认真好强的我，不喜欢随便搪塞问题乱填答案，急着看信纸第二页最后的署名，酆某某，哪来的怪姓？自认语文很好的我差一点还念不出这个字的发音呢。

答案尚未找出，情书已经被母亲抢走且撕破，接着一连串的责难与唠叨，我非常委屈，但也懒得争辩，和母亲争辩永远是输家。没多久前，哥哥因为被冤枉，顶了母亲一句"霸道"，从来不动手打儿女，又特别偏爱哥哥的母亲，竟呼了他一巴掌，让旁观的我吓一跳，紧紧牢记，引以为戒。母亲生病后变了个人，我千万要小心应对，别吭声。

我看着被撕成一片片的信纸，觉得像是一张张苍白没有五官的脸庞，脑子里忽然豁然开朗，谜底揭晓，这写信的人，应该就是那早晚无声无息跟踪我的"影子"！

除了收到信，在校园中我也逐渐感受到那既熟悉却更陌生的威胁，他总是畏缩着，突然出现在附近的树旁，或是柱子后面，一张苍白的脸，痴痴凝望，让我莫名心惊，完全不是我想象中被爱的滋味。

虽然我从来没看清楚过他，但我直觉这个人哪里有些不对劲。他那过分专注的眼神并不真在看我，倒像是穿越我的身体，望着我身后不存在的存在，一个他虚构的异想世界：那空洞的眼神像是不见底的黑洞，散发奇异的能量，直射向前方。

就如现在的他，专程跷课站在我初二四班教室窗外，嘴角还挂着诡异的笑。他到底看见了什么？自己编织的绮梦吗？

教科书的厚度挡不住他凝视的穿透力，我被看得不知如何是好，同学们也开始窃窃私语，教室关着一屋子的焦躁不安，找不到出口。下课铃声随众人所愿响起，特别清亮醒脑地结束了眼前的僵局，解放如坐针毡的我与同学们。唯有站在廊上的他似乎完全没听见铃声，仍扬着头，醉迷于自己的幽谷回不了神。那儿或许有风在林间树叶上留下的足迹，有他绵绵密密编织的情网，困住他所有的思绪。

数学老师前脚刚踏出教室门口，同学们立刻兴奋地从座位上跳起来，跑出教室，把憋了好久的情绪都发泄在愣在当场的他，对他品头论足，极尽挖苦嘲笑之能事。我害怕面对这尴尬的场面，躲在教室一隅，后来听梅英转述，这位学长终于在大家的戏弄揶揄之下醒了过来，惊吓之余，涨红脸，翻围墙，逃出学校。

这出闹剧像一枚炸弹，在单调的学生生活中炸出轩然大波，同学们个个成了说故事高手，绘声绘影地让一个班级事件传为全校的茶余饭后。那几天，我上、下学身后的跟班神秘失踪，再也没出现过。

几天后，一个七点钟的早自修时间，快迟到的我在走廊上匆匆奔跑，脚底踩着枯黄的落叶发出沙沙的声音，像是踩着母亲昨晚砸碎的玻璃，老远就听到二年四班的教室传来异常的声音，还隐约透着蠢蠢欲动的不安。但嘈杂声随着我进入教室，戛然静止,好像昨天晚上在母亲的暴怒中我们全部噤声一样。同学们的眼光集中停顿在我身上。

我假装无视他们的怪异,低头走到座位上,翻书包,拿课本,原本噤声的同学却几乎在同时间拉开嗓门,急着向我报告:

"还记得那天来看你的学长吗?被我们炮轰走后,隔天晚上居然跑到安华的眷村附近,硬要闯军用机场……"

安华把声调提高八度,压下其他同学的话头,抢着做第一手的描述:

"学长硬闯军用机场,被宪兵当场拿下,他还完全不听指令,坚持要往前走,一面往前冲,一面大喊你的名字,说你在前面引路,向他招手呼唤,叫他跟过去,说你的音频像高山电塔发出的电波,强烈到他不能抗衡,所以他不顾一切往前……"

我的一颗心被安华的口沫横飞与比手画脚牵引得忽上忽下,在这紧要关头她停顿一下,喝了两口水才再继续:

"他的精神亢奋到了极点,宪兵尽力劝阻、开导无效,最后只有请来了宪兵队大队长,但大队长也无计可施,决定把他送进精——神——病——院。"

安华特别放慢节拍说精神病院这四个字,最后还再强调一次:"学长把你的名字喊进所有人的耳朵里,最后带着对你的爱,一起被关进精神病院了。"

作文能力很强的她似乎嫌这夸张的描述还不够生动,说到爱字时,用食指在我的额头上点了好几下。周遭闹哄哄的同学,在她这神妙的一指下又安静下来,个个睁大眼睛急切地盯着,要看我有什么反应？要我认同这是一份爱你在心口难开、刻骨铭心的表现？

我一一扫过同学们的脸庞,在他们的眼神里或许读到丝丝善意的关怀,但多半是唯恐天下不乱的好奇与期盼。

昨晚,父母又为了小事大吵了一架,我真想问他们也曾有过爱你在心口难开的深情吗？整个晚上我和哥哥忙着在两人中间做和事佬,在母亲面前帮腔编派父亲的不是,假装我们都站在母亲这一边,以安抚她焦躁的情绪;转身又低声下气劝父亲再去道歉,虽然我俩不知父亲除了不会讲话外,到底犯了什么大错。但我们好困啊,明天还有考试,真想赶快上床睡觉,睡进无声又黑暗的洞底。

快一点钟,不知是谁的哪句话暂时抚慰了母亲,她终于决定鸣金收兵。

今早,我强打精神下床,为了赶早读,不敢惊扰仍卧床不起的母亲,连早饭也没吃,空着肚子来上学,此时,听完安华描述的爱情故事,看着眼前一双双期待的眼睛,真如母亲内心那永远填不满的黑洞。

我低下头,盯着眼前的课本,同学们在我耳边持续闹哄哄地聒噪着,渐渐地,课本里的黑色铅印字,一颗一颗往下陷,我也跟着陷身于一团字谜里,一团黑色的,读不出笔画的字谜。它看起来如此熟悉又如此陌生,就像那封未读完却被撕掉的情书。

我的身子继续往下陷,最后,陷身一片无底的黑暗中。

风　筝

　　小学五年级全家由孤立的乡村搬到镇上，住在刚盖好的红瓦灰墙独门独院的公家宿舍里，浴室还有个外国电影里才见过的白瓷浴缸与抽水马桶，似乎家中一切都会随着社会经济进步，像我手上放着的风筝，起飞、飘扬、越飞越高……

　　气象预报有个秋台即将侵袭，学校特别提早放学了，天边呈现如鱼鳞状的云层，下面似乎有把火在燃烧，橙红一片，看起来诡异、狂野。起风了，不知谁家的风筝还在风中起伏。

　　我兴高采烈地踩着被落日拉长的影子回家，蹦蹦跳跳地踏入客厅，听到奇怪的啪嗒声从父母的卧室传出来。我随着声源寻去，惊见母亲散乱着头发，赤着脚站在磨石地上，手持一只她平日最爱穿的红色绣花拖鞋，猛烈敲打着和邻居相连的墙壁，好似跟那墙壁有仇。她眼中闪着奇异的寒光，一种十一岁女孩读不懂的寒光。

　　我呆望被莫名其妙痛殴的墙面，好似一张冷白的脸，顽强地一动也不动，和母亲激动摇晃的头颅，形成强烈对比。另一只落单的红拖鞋散落于母亲的床头边，失方向，乱阵脚，如失去方寸的女主人不知该漂往何方。

我颤抖着手拾起地上的小船，不敢抬眼看昏乱的母亲，只万分尴尬地随着母亲严峻的命令，跟着她啪嗒啪嗒敲打着毫无反应的墙壁。我常和顽皮的男生打架，狠狠扭成一团，但从未打过这种对方不回手的架。

我四处搜寻父亲的影子，一向疼爱我的父亲一动不动地坐在床角暗影里，无视我频频送出的求援讯号，更有意避开我的眼神。他紧紧抱住三岁的弟弟，脸上挂着两行清泪，这是我生平第一次看父亲流泪……

此时，我的好玩伴一头冲了进来，大声嚷嚷："我爸爸正在墙上钉钉子，要挂画，你们干吗也在猛敲……"话还没问完，他张着嘴，愣在当地，看着我胀得发烫的面孔。我们两人的视线在空中交遇，对望良久，我手拿的红色拖鞋还悬在半空中……

从此，我告别懵懂，才发现我的母亲和别人家的不同，至少和教科书上写的不同。这么多年来只有父亲知道，但他决定什么也不说，只把不同的母亲放在心里，像个石磨，将他磨成空心木头人。不知何时何地开始，母亲走偏她的人生，而我们都随着她凌乱的脚步，踩踏彼此。

就如太阳走偏，彩虹顿然自雨后空中消失一样，我的世界因母亲生病变得灰蒙蒙，冷眼看同龄朋友的无知嬉闹，再也无法融入他们的无邪，只能独自游走他们世界的外缘，不知该属于哪个圈子，属于谁。最后选择藏身于自己筑起的高墙内，日记是纪录我内心与外在世界的唯一。

　　暑假接近尾声,我即将成为镇上省中的初三学生,在卧室窗口听着前院玉兰花树上的蝉鸣,心想它们被大地呼唤破土而出,都快速飞上树梢,铆足了劲,声嘶力竭地喊,是预知生命快到终点,要把最后的精华耗尽?还是不知道羽化后的蝉只有七天的寿命,还愚蠢地挥霍剩下不多的青春?

　　"人生就这样心不甘情不愿地被无情岁月催赶着往前跑,不知该跑往何方?匆匆奔跑,为了要做第八日的蝉吗?"我在日记上这样问自己。

　　三年前的暑假,哥哥在省立初中联招入学考试中落榜,母亲三天三夜不吃不喝,泪流成河。那是条红色的河,但红色不是母亲的血,而是她火红的情绪。整个家在她的情绪中燃烧,好像要被快速崩解。一个省中落榜日,竟然成了我们家的世界末日,比哥哥小一岁要升六年级的我,不明白一次考试的失败会是终生无可挽回的失败吗?母亲为何那么挫折伤心?

　　受挫的母亲并未自责全职在家的她督导不力,也不苛责哥哥不够用功,反而把矛头瞄准上班忙赚钱、下班忙家事的父亲。母亲用了三天三夜的精力反复唠叨、埋怨父亲不负责任,没有顾好哥哥的学业,就因为父亲曾说哥哥一定会考上省中,一切都包在他身上。

　　好脾气的父亲很少过问功课,只负责带我们去海边捡蛤仔,去学校看运动会,打桥牌,玩"吹牛"。盯功课一向是爱操心的母亲的职责,她还帮我们写演讲稿,训练台风,尤其常指导我们兄妹俩的毛笔字,她总是站在我们身后大声发号施令:"勾……勾……勾,停……快撇出去,再撇,提笔收尾——"那神经质的喊声,搞得念小学的我们绷紧了皮,视书法为畏途。但也因为母亲积极的指导,把一手漂亮的字都传授给我们,在学校书法比赛中屡屡得名,我更是班上永远的演讲比赛代表。

后来全家由乡下搬到镇上,还搞不清什么是升学压力,更不知道升学班每天下课一定要留校参加自费补习,操练模拟考题。父母为了我们健康发展,也为了省点钱,不赞成我们恶补到晚上七八点。念六年级的哥哥因为父母的"开明",乐得天天"放牛",每天准时四点半下课回家玩耍,还把导师好心免费交给他的一叠又一叠的中文、数学模拟考卷,一股脑儿地塞进书柜,从来不碰。全家都低估了省中联招的低录取率,哥哥大意失荆州,意外落马。

未进省立中学就注定人生会失败吗?现在即将就读初三,我才开始怀疑母亲当年那滔滔的红色河流映照的是哥哥未来的黑白人生,还是母亲不容我们在人生路上走错一步的态度?她自己的人生,何时开始走错?从她七岁丧母外公娶了后母开始,还是从她错嫁父亲开始?这问题,我可不敢问,只是一心想保护永远慢半拍、经常错踩母亲生命线的父亲。

就像那天,我和哥哥要去镇上唯一的戏院看喜剧片《飞天老爷车》,而母亲要父亲陪她去马路对面的花圃赏花兼散步。花圃内田畦行列整齐,正值康乃馨盛开,朵朵大红花,由墨绿色的花萼紧紧挺住与陪衬,相得益彰。我心中的幸福感像是被风吹得鼓胀的风帆,正窃喜有这么美好的一天,但和哥哥正要出大门,却听到主卧室里母亲歇斯底里地喊着:

"哪有人光去看花却不买花?这样会得罪花圃主人。"接着是父亲低声下气地解释:"家里没有花瓶啊。"

"你这个木头人,永远不懂我的心!不去了!"砰一声摔门,母亲悻悻然坐到客厅。

我好生花圃的气,气那盛开得艳红嚣张的康乃馨,恰似母亲的红色情绪,更气那低调衬托一旁的细小花萼,不就是父亲无奈又固执的脸庞?两人那么多年的紧密相依相附,怎么就没有磨合出应对之道与温馨香氛?

和哥哥逃去电影院之际,我转身,一再透过窗纱,窥望书桌前父亲青郁的脸。我心抽痛着,快步往前走。

次日,经常卧床休养的母亲心头不痛快,浑身也不舒服,她一大早就知会全家,半夜里心脏快停了,几乎晕死过去,一定得再次住院彻底检查身体。全家人听完母亲的抱怨,毫不迟疑地齐声附和:"对,对,您辛苦了,快去检查检查吧!"

但结局就如往常一样,父亲耐心地陪母亲坐三轮车,前后不到两小时工夫又都回来了,医生给母亲做了心电图,说她心脏一切正常,无须住院。

我听到自己内心因失望而发出的无声叹息,也似乎听到父亲与哥哥的同声长叹,愁苦的日子还要继续熬下去,只有天真的小弟忙着玩他的模型汽车。

　　从此，每当父亲上班，母亲卧床的时间就更长了。哥哥从空气中已嗅出不寻常的味道，总机灵地带着小弟溜出去闲逛、躲灾，剩下不爱出门的我，眼看用餐时间快到，偷瞄一眼躺在床上永远背对着我的母亲，自动乖乖地到厨房做准备。先用大同电锅煮上饭，再用一匙猪油及一些猪油渣做汤底，放些盐、味精调味，拿出豆腐备用；洗净菠菜，拍碎大蒜；肉丝、干丝、葱花都切好，冰箱里有父亲昨天炖好的排骨，将它放在煤球炉上加热，等母亲从床上起来，只要轻松炒两下，就有三菜一汤上桌。

　　如往常一般，父亲下班后，兄弟俩不知从哪个角落都回到家来，歪在沙发上闲聊，我拿起《唐诗三百首》，指着李商隐的《锦瑟》诗，请教在专校教语文的父亲最后两句话"此情可待成追忆，只是当时已惘然"是什么意思。父亲还没来得及回答，突然听到厨房里母亲大喊大叫的声音，大家冲去一看，不得了！炒菜锅里的油，在炉灶上烧了起来。

　　大家手忙脚乱帮忙灭了火，但母亲眼中、心中燃烧的愤怒之火，可不是我们灭得了的。只见母亲随手"哗啦哗啦"地砸起盘子来："你们个个回到家来，就想茶来张嘴、饭来张口，等我这个病——人伺候你们？非要把我拖垮你们才开心！"

　　母亲特意拉长病人这两个音节，用了最高亢的调子。我们个个低头，没人敢吭声。短暂的死寂凝滞在厨房的空间里，呼吸也在刹那间停顿。然后，扫地的扫地，捡碎片的捡碎片，我除了不敢回应，更要特别小心面部表情，可不能有一丝不快挂在嘴边或浮在脸上。长年察言观色的训练，我懂得把自己的感觉情绪深锁心底。

　　害怕母亲发现真实的我，总要躲在隐秘的地方写日记，但这次磨蹭了许久，只写道："为了要做第八日的蝉吗?"就写不下去了，听到窗外凄切的蝉鸣，我似乎忽有所悟，又在日记上多补了几句："在人生的歧路上跑得筋疲力尽的我，像枝头声嘶力竭的蝉，更像是与风拔河的风筝，在乱流中急转……"

　　及长，我多次回到早已搬离的小镇，在旧址巷口张望已被改建的故居，顺着原来老家屋顶的天空，仿佛又看见小时被绑在线端的风筝。一阵长风吹起，我不自觉地手心握紧，想抓住那细细一线，这才发现，线与风筝早就一起远走了。

树　下

　　我有棵树，每爬上低矮的树干，藏身于它浓密的蓊郁中，就有从周遭环境消失的感觉。

　　这棵树在我家后院一个死角处，无论从客厅、饭厅、卧室任何一个窗口望出去，都看不到这棵树。它是一棵品种改良过的芭乐树，不高，有白色斑驳的树皮，分岔的主干离地面很近，有瘤有结，非常容易攀爬。它经年开着蓬松的小白花，结着累累的果实。我们都爱吃果皮翠绿有些发白，清脆可口的芭乐，只有母亲一人爱吃熟透浓香的果实，因为她牙齿不好。

　　自从母亲得了医生找不出病的病，越来越不像以前那样温柔慈蔼，我就越来越喜欢爬上芭乐树，这个专属我的秘密基地，躲在隐秘且散发着馨香的绿叶里。我的视线会在叶子与叶子之间找缝隙，遥望行走于蓝天的白云。羡慕白云可在宽广柔软的天上漫游，而我，除了躲在树下，怎么就找不到一个地方可去？

　　我好想去一个地方，不一定要远，也不一定要新，只要离开这里就好，一个看不到母亲紧蹙眉头，听不到母亲连番抱怨"这个破家和你们这些破人，拖累了我一生"的地方。我不知道独门独院的公家宿舍算不算破，但我真不想做个破人。我也不愿像这棵芭乐树，明明头顶着一片无限遐想的蓝，脚却困于黑色泥土，牢牢伫守我们家后院的死角，眺望别人的梦想在高空翱翔。

记得曾提着菜篮子跟母亲去镇上菜市场，看着排成一条卖肉、卖鱼及各种青菜、杂货的摊子，生活所需在这条路上都可轻易解决，好像整个人生也就走在这条路上。将来，我会在哪里的菜市场为我自己买菜？我不知道，但绝不能在这同一镇上、同一条街上复制同样的人生，我要走他方，追求完全不可预知的未来。

今天我来到树下，除了看云，还得好好地思索一下姓鄢的高中学长，怎么会在有一千多学生的省立中学校园里，那么凑巧地盯上我？我自认没有那么出色，充其量只是功课好、会念书，可从来不出风头，不像某些走在时代前端的女同学，偷偷跑去参加空军新生社的舞会，跳"扭扭舞"；那舞蹈真有点像耍猴，我可是嗤之以鼻。

这鄢学长到底是在哪里发现我而跟踪我的呢？

上个学期第一次月考，学校训导处为了杜绝学生作弊的恶习，突发奇想，把初中及高中学生混合穿插在一间教室。所以，我的初一四班，有一半的学生被编排坐在高一四班的教室里。一行初一的女生，一行高一的男生。训导主任应该很得意想出这种"隔行如隔山"的坐法,让每个学生左右两边都不是自己同学,作弊比登天还难。

一如往常,我早早做完所有的考题,好奇地抬起头来,张望这间从来没有机会进来的男生教室。我漫无目标地浏览,眼神无意间飘落到隔了两行的一个苍白瘦小的学长脸上,发现他正专注地凝视着我,似笑非笑。

难道就这短短几秒钟的对望,让对方在我眼神里读到了什么我不知道的讯息?从此,他展开疯狂跟踪、写信、卡片传情,一再地表达爱慕之意,每天更上下课默默保持距离地接送;一个学期没有得到我任何回应,就跷课来我的教室窗外痴痴凝望,被同学大肆嘲弄几番后,竟演变成精神分裂。

是他的脑神经里住着个机关,第一次接触时,被我眼神里错送的讯号,解开了他脑中的神奇密码,释放了他天马行空的异想世界,最后同学言之凿凿地说他是带着对我的爱,被关进精神病院?

这一切发展速度太快,像是录影带的快转,让我应接不暇。还搞不懂什么是爱情的我,莫名其妙地成了"疯狂爱情故事"中的女主角,也成了残忍的加害者。在校园里,总有人在我身后交头接耳,指指点点:"就是她,就是她……"甚至有两位校园风云人物,在我回家的路上,飙着她们坐垫翘得高高的单车,堵我的路高声挑衅:

"抬起你的头来给姐姐看看!"

"哦——其实长得也没——怎样嘛!跩什么?"

我不敢出声,任她们训话,听她们"哼"的一声,甩着刚修剪过如尖锐语言般的尖锐头,趾高气扬地扬长而去。

功课好没人注意,倒是酆学长进了精神病院,让我在这个镇上的省立中学里一夕间成了被囚在笼子里供人观赏的奇珍异兽,无论是获得掌声,抑或被丢果皮垃圾,都让我难以适应,走不出自己的路。真希望我能在同学们那一双双燃烧着好奇、又带着几分戏谑的眼瞳中融化消失,也渴望后院那棵芭乐树,能变成活动的浓绿,掩护我怕见光、需防晒的心。

我在心中戴起一副深褐色的太阳眼镜,想象借着深褐色的镜片把自己从别人的眼中遁形,与周遭的环境隔离开来,让我得以隐身于人群中,如同隐身于后院的芭乐树下。

奇怪的是,这假戏逐渐演成真版,周遭的人、事、物真的在深色背景中变得遥远、模糊且陌生,我和班上的同学也开始有了距离,不是故意疏离,只是觉得怎么和他们都聊不上话,也好不起来了。一副假想的神奇太阳眼镜把我们放在不同的格子里。被放在不同格子里的我,看不懂同学们的表情,也读不懂他们的话语。太阳眼镜成了身体的一部分,再也摘不下来。

我心中好像被塞满,却找不到一个合适分享的人,所以除了努力念书外,写日记是我唯一的出口。绿色封面的日记本成了另一棵藏身的芭乐树,也是我下课后渴望回家的唯一理由。

为了逃避别人暧昧的眼神,我走在校园时不是垂下眼帘往地面看,就是抬起眼皮超越所有人的头顶往天上看,我尤其要避开和任何人四目相对,因为在那尴尬时刻,不但自己好像一

丝不挂赤裸裸地进入对方的瞳孔，彻底被看透，最可怕的是我
不再信任自己的眼神，唯恐被他人解读出不是我预设的谜底。

　　放学后，我不再参加任何课外活动，无力和不相干的人持
续互动。像是演了一天插科打诨戏的丑角，尚未到收工时刻，
我就急着在后台整理道具，想提早谢幕。但当我收拾好一切，
却发现自己根本没什么地方可去。时序入冬，黄昏时分到处冷
飕飕，温暖锁在别人家的厨房里，透过玻璃窗我看得见，但摸不
到，让我格外地落寞。最后，我选择一人在篮球场边大树下
坐着。

　　夏天，茂密的绿叶交织出一片浓荫，供我隐身观察别人的
活动，也远观男生校队打球。冬天，树顶像是人到中年的头发，
稀稀落落，裸露出结实交错的枝桠，好像篮球场上来回奔驰的
男生身上条条扎实的肌理。其实我自己也不明白，外表如此静
悄如猫又从不喜欢运动的我，为什么欣赏激烈肢体冲撞又充满
肌力的篮球赛？难道只有他们的爆发力才会燃尽我内心的火
焰，让我得以维持平衡？

　　此时校园扩音器经常播放《热血滔滔》等歌曲，偶尔也会穿
插一两首中文歌，如《情人的黄衬衫》《勿忘我》等，但最让我动
心的却是歌词相当直白的《相思河畔》……

　　自从那相思河畔别了你，无限的痛苦埋在心窝里，我要轻
轻地告诉你，不要把我忘记……

　　不知是那颓废的曲调，还是那露骨的表达，挑动我内心最
深处的一根弦。我惊讶每天看着自由恋爱结婚却完全不能相

处的父母,怎么对爱情还敢有奢望与期待?我心中充满愤怒与哀伤,怎么会对如此肤浅的情歌还有悸动与反应?

莫非我喜欢此歌,只是对"无限的痛苦埋在心窝里"那句歌词的深情回应?或许我渴望的不是男女之情而是亲情?

没想到在我完全封闭自己的努力中,还是不小心听到校园传言:"鄞学长无法忍受精神病院中的电击疗法,自杀了!"

什么是电击疗法?我不懂,自己倒像先遭天打雷劈,全身颤抖。他,自杀死亡?那我,不就成了间接凶手?

头脑浑浑噩噩,连一向最喜欢的语文课都听不进去,只觉身上不知何时背起了十字架,背在我纤弱的情绪上。在一如往日的回家路上,我像是走在碎石满布的崎岖山路,石头磨着我的脚,荆棘刺着我的手,我一路跌跌撞撞地,回到家直接跑到后院死角,爬上芭乐树,在枝桠间找出几个月前被撕成两半的圣诞卡……

圣诞节,一个以前从没有任何特别感觉的西洋节日,不知是否因为某种生长激素的催化,我一进入中学后它就浑身撒起金粉、银粉,招摇妩媚成了与爱情有关的浪漫节日。好多男生送给心仪的对象充满异国雪景的圣诞卡片,而我也颇意外地在单车后座发现了一张装在淡粉色封套里的卡片;封面什么也没写,两位同学一直怂恿我,快拆开看看是谁寄的。

我手拿卡片,不是银色雪景,反倒是春花开得好灿烂的一片粉紫,我最喜欢的粉紫色。我游目四顾,在不远的单车棚下,出现鄞学长畏畏缩缩躲在暗处的身影,我心一抽,又是他,为何仍不死心？

　　默默收下，会被误会是接受他的心意，这是我最不愿意的。我无计可施，只能像作秀般撕毁它，酆学长那张苍白的脸，随着我的一撕，扭曲成不对称的两半。他悄悄转身，背影消失于我的视线。

　　卡片里或许写满对我的热情与期待，像卡片表面百花盛开的粉嫩春日，但它目前成了一团不可解读的黑色字谜，被我无情地丢在地上。我望着被撕破躺在地上的热情，逐渐失血、冷却、褪色，成了枯萎的花瓣，我怕被别人拿去当笑话，犹豫许久，捡起它，胡乱塞入书包。

　　不停倒带播放的画面让我好想去一个地方，不一定要远，也不一定要新，只要离开这里就好，去一个让我人生可以重新来过、重新更正的地方。

　　睁开一双泪眼，我找寻芭乐树叶的隙缝，遥望闲云行走于蓝天，羡慕他们可游走于专属自己的世界，而我除了躲在树下，再也找不到别的路。

战　火

　　在家中熬过漫长暑假，我抱着万分期待的心情重返学校，一向独来独往的我，这回却先把自己的情绪如吹气球般，吹得鼓胀轻飘，见到同学主动送上笑脸，热情打招呼。大家都提高嗓门谈论彼此的暑期生活，有的全家去大岗山，亲手摘龙眼吃；有的跑高雄百货公司逛街购物；屏东山地门、美浓水帘洞、大贝湖、旗山更是热门景点，被同学与家人的足迹踏过，共赏湖光山色。

　　听着同学的充实假期，我如蓝天里一片白云的好心情，逐渐累积尘埃、雨露、废气、污染，变得沉重、灰暗，最后跌落伸手不见五指的霾雾里。

　　暑假除了和哥哥在镇上一家书店买了钟梅音的《海天游踪》及托尔斯泰的《战争与和平》两本好书，看了巨星西德尼·波蒂埃主演的《再生缘》与喜剧片《飞天老爷车》外，其余时间不是念补充教材，就是排解父母间的战争。整个暑假我们没有一次全家外出的活动，父母没带我们去任何景点，也没吃任何馆子。我有的只是件难以启齿的"羽球事件"。

一个如往常般燠热的下午,远处树上传来知了焦躁的嘶喊。我斜躺在沙发上阅读《战争与和平》,一个描写苏俄沙皇时代,贵族经历拿破仑战争的苦难而淬炼出人性高贵情操的故事。母亲走来说:"去院子和我一起打羽毛球吧?"

我愣了一下,赶快放下书上正描写的夏日田园美景,受宠若惊地去柜子里,找出和自己命运相仿佛、被母亲冷落多时的球拍与球,一颗心因为太兴奋而扑通、扑通地跳着,脸上堆着几近谄媚阿谀的笑容,好荣幸能接到陪母亲打球的任务。

球没打两下,母亲用球拍先敲窗外的铁支架,再敲车棚下的单车,发出不悦的撞击声。

被训练得相当敏锐的我,马上竖起耳朵注意周遭动静,发现隔壁萧家那四个从两岁到八岁不等的小孩不知在玩什么,进进出出他们的客厅,纱门就被不停地又开又关,发出极大的噪音,或许骚扰到母亲极纤细易碎的神经,所以她借着打球之名,进行报复之实。

这个发现让我分心,无法招架母亲那越来越凌厉的发球,我东撞墙,西碰壁,面红耳赤,汗湿双颊,一场球戏打得如同战局,空中飞来飞去的白色羽球,不再轻盈、曼妙,倒像是颗枪炮子弹,来来回回地在我身上、脸上开花。我原本扬起的嘴角,挂着谄媚阿谀的笑脸,因狼狈而垮了下来,疑惑母亲在情绪波动中是否误将我当作她要报复的假想敌人了。我不知该如何结束这场尴尬的球局……

想到这儿，我失去和同学聊天的兴致，一个无形的栅栏由天而降，将我团团罩住，和同学分隔于不同的世界。

即将进入高中联考的初三生活，没有什么令人期待的事，只有音乐课是我唯一的兴趣。我被老师选入初中部合唱团，唱女高音，要参加全县的比赛，在《上山》《渔翁乐》《青春舞曲》等自选曲中，我最喜欢黄自编的充满中国风味的四部合唱"山在虚无缥缈间"，尤爱韦瀚章填的词：

> 却笑她，红尘碧海，多少痴情种？离合悲欢，离合悲欢，枉作相思梦。参不透，镜花水月，毕竟总成空。

参不透唐玄宗和杨贵妃的痴情遭遇和我有何关系？单纯的念书人生又有什么离合悲欢？但我就爱反复念着"镜花水月，毕竟总成空"那句子，觉得花与月似乎都深深坠落在我那不见底的空心里，发出轻轻的叹息。

某个中午饭后，我趴在桌上默诵着歌词，午休结束的钟声响起，我和好几个刚从午睡中醒来的同学，一面梳头，一面望向窗外，看到两个高中值日生，抬着装便当的竹筐，正跑步经过我们教室外，高大的张姓教官，迎向这两位值日生。不知为何，教官突然拿起手上一条皮带，抽打其中一位，抽完后似不过瘾，更挥舞他壮硕的手脚，对那学生拳打脚踢起来。被打得惨不忍睹的学生，突然一个鹞子翻身，挥出左勾拳，狠狠地打在教官那隆起的小腹上。此时，一向斯文秀气的班上女生，竟然都站起来欢呼鼓掌,尖声喝彩。

我急忙戴上三百度近视眼镜,想仔细看清楚。一看,心中不觉暗暗叫苦:"糟了!"那个被打的高中生,竟是我哥哥。

接着,张姓教官扯着哥哥的衣领,往训导处走。但哥哥一把推开教官,稍稍整顿衣衫,昂首挺胸走向相反方向,教室内又是一阵掌声。

整个下午,班上同学都情绪澎湃,议论纷纷。

虽然我对教官一向很有意见,但因事情发生在哥哥身上,我不便发言,只能低头不语,心头却乱糟糟,不知下午的地理、公民课老师在教些什么。好不容易熬到下课,回到家,才知道当我心不在焉地上课时,学校训导处正上演一场激烈的辩论。

原来,机灵的哥哥拒绝和教官去训导处,怕有更严厉、更羞辱的处罚,他飞快地骑单车回家告状。

哥哥说,原本神魂涣散的母亲立刻从床上跳下来,平衡感不好的她,不会骑单车,也不敢坐父亲骑的单车,指挥父亲去街上叫三轮车。

三人到了训导处,父亲先代表发言,为他们的造访学校做了简单扼要的开场,剩下的场面,就完全掌握于母亲的手上了。

我津津有味地听哥哥描述事情的原委:

午休结束的铃声响起,他和另一个值日生想赶快抬装便当的竹筐回教室,忘了学校的规定:"铃声响时原地不动,铃声结束再跑。"

"这是哪来的怪规定?"刚从县立初中毕业,来到我们省中不久的哥哥在讲述中还不忘批判。

因为犯了这点小错，引起军训教官大声喝止，并开始找他麻烦："胡子那么长，为什么不刮？"说着，动手扯起哥哥嘴唇上几根较长又黑，从来没被刮过，还不算是胡子的"汗毛"。

被扯得很痛的哥哥下意识地回挡了一下。这一挡，教官恼羞成怒，顺手拿起他刚刚没收的一条不合规定的皮带，"唰"地朝哥哥的头上挥去，不巧，那金属皮带头甩中哥哥的后脑，当场起个大包。从来没被父母打过头脸的哥哥，痛得张口直叫："你凭什么乱打我？"

此话一出，更激得教官失去理智，拿出他带部队、整新兵的手脚出来，朝着哥哥踢打，嘴里还嚷着："就凭我是你教官，就可以揍你！"

一向很有个性的哥哥，怎经得起这样无理的对待，为了自卫，把武侠小说《玉钗盟》里徐元平那套武功施展出来。

当父母到校理论时，两个军训教官加上训导主任连成铁三角，向父母大声叫嚣，要以"侮辱师长"为由，记哥哥两个大过，并留校察看。

温文客气的父亲气得发抖，说不出话，在家里躺在床上养病的母亲，此时却站得直挺挺的，不理会那两个教官，直接面对训导主任不愠不火地质问："请问这里是中学还是军营？是教学生还是带部队？学校里弄来那么多教官，上上军训课也就罢了，偏来管教学生，请问他们懂什么教育理论？对青少年心态又了解多少？除了会用皮带抽人，还有什么教学方法？"

母亲指着哥哥后脑勺上大块肿起的瘀青说："我手上握有空军医院的验伤证明，今天在训导处如果没有合理的解决之道，别说校长室，就算教育局我们都坚持告到底！"

母亲，一个有病的女人，铿锵有力的气势，当场震慑住三个咆哮不已的男人。

首先安静下来的是训导主任，他清查哥哥在校的成绩与操行，不但功课好，也没有任何不良记录。他悄悄打量哥哥后脑上的大包，再三琢磨后，把原本要处罚的两大过，改成一小过。父母认为这样的处置还算合情合理，到底哥哥是学生，动手回了教官，就理亏，该处罚，所以不再坚持。双方相互道歉，平息了训导处上演的风波。

听完哥哥生动的讲述，我对母亲的智慧、大器、胆识与沉着，无比钦佩，虽然 心中对羽球事件尚无法释怀。

以为风波就此平息落幕，没想到哥哥被记小过的公文刚被贴在布告栏上，班上目击整个事件的几个同学，却一片哗然。她们认为学校根本就是一面倒袒护教官的暴力行为。

我们的班导刘老师，在堂上向全班同学晓以大义，火上加油地说："反抗师长就是不对，完全不值得同情。"此言一出，那几个同学气愤得集体请假，拒绝上课。

我很讶异同学们的反应。虽然我平日对于学校一些政策、规定，颇有意见，但从不公然挑战师长们的公权力，一定先唯唯诺诺地配合，或许因在家中早被强势的母亲训练有素，我只把一切看在眼里，放在心里，等待未来有立场、有力量时再表态。

没想到平日看起来不怎么有想法的同学,却勇敢地集体站起来形成力量。

当哥哥已无事、已在高中部上课时,我却被训导主任、教官、班导,轮番叫去办公室"谈话"。谈话内容无非是拐弯抹角地套话并洗脑:

"女生厕所里面那些反教官的言论谁写的?"

"年轻人血气方刚,不要被人利用见缝插针,搞学潮。"

"你是个好学生,不要为了哥哥暗中策划鼓动同学造反!"

鼓动同学造反?太不了解我了,我只爱独善其身,从不兼善天下,鲜有游说别人的热情与兴趣。虽然一再据实以告,"厕所文学"在哥哥事件之前早已存在,校方仍纠缠我不放。

我开始生同学的气了,他们都太爱有自信的帅男生,哥哥由县立初中来到我们省中念高中才不到一学期,就引起班上女同学注意,还愿意为他和学校抗争。对照那个性内向、木讷,身材又矮小的鄠学长,整天苍白着一张脸,怯生生地在我身后神出鬼没,没侵犯谁,却被全班同学揶揄戏弄、嬉笑辱骂,诱发他精神分裂,这待遇差别还真大。

害怕被戴"红帽"的威胁,不爱出门的我只有勉为其难,骑着单车到离家并不远的康乐村,找抗议分子中和我最熟稔的绣:"拜托你别闹了,我哥再帅,都不值得你自毁前途。此事可大可小,别因此毕不了业,送外岛,还会拖累我和其他同学。"

一个星期内,同学们陆续回来上课,一场"闹学潮"之争终于和平落幕,就如《战争与和平》一书中,苏俄与拿破仑的漫长战争在我暑假结束前落幕，故事中男女主角历经战火纹身，在血迹未干的伤口开出灿烂的花朵。

不知父母的战火、母亲和萧家的战火，是要在我身上纹出什么印记？

两条路

到了初三下学期，距离高中联考的倒数计日已经破百之后，回家的路和上学的路好像都渐行渐窄，且都竖起无形的高墙，不时地向中间悄悄靠拢，把我挤在夹缝中难以呼吸。两条路所引领我去的地方又都如废墟般荒凉。

在路上走着走着，不自觉想起收音机里刚听到的广播电台举办的中文歌曲比赛中，有人唱着姚莉的一首很低沉的歌曲：

在早晨走的一条路上，只看见行人，只看见车辆，我带着跳跃的心，慌慌张张的向前闯。

在晚上走的一条路上，只看见灯光，只看见月亮，我带着空虚的心，冷冷清清的向前望。

这条路是太凄凉，那条路又太紧张，找不到更好的地方。我天天在这两条路上……

这歌词写的不就是我吗？找不到更好的地方，只有天天走在学校与家的两条我不想走的路上。最近,我发现母亲似乎也在寻找更好的地方,因为她开始去镇上的教会找寻心灵的庇护。

偶然,她会带我一起去。在聚会所里,我们跟着信徒读《圣经》,读到《约翰福音》第十四章第六节,主耶稣说:"我就是道路、真理、生命……"牧师解释,选择主耶稣做生命的粮,真理的路,就是走人生最正确的路,母亲在一旁高喊:"哈——利——路——亚!"似乎找到了答案。

虽然我彷徨地寻不着生命的意义,但内心认为宗教该是给老人用的,不是我这十四五岁的少女要选的路,尤其不习惯教会的人彼此称弟兄姐妹,好似一家人的热络,别扭的我热情不起来,尤其不想要有更多的家人。我还是得另外找寻自己的救赎。

在一个乍暖还寒、细雨纷飞的傍晚,我忘记带雨具,淋着小雨下课回家,看到卧室里面墙而睡的母亲,内心更是一片湿冷。怯怯地喊了一声:"妈,我回来了。"母亲毫无反应。

近年来,母亲白天经常躺在床上休息,但我就是看得出来,那天特别不同。她整个背对卧室的门口,好像在克制自己,用力抵制着她身后的世界,一个有我的世界。

一直想用优异的成绩与乖巧的行为来吸引母亲注意的我,总是得到母亲冷漠的对待,一阵心灰意冷,心头像压了一块沉重的铅板,走进半年前才加盖的大厨房,看着冷锅、冷灶,更觉寒意袭人。

独自坐在饭桌旁的圆木凳上发呆，想着今天语文课本上念到辛弃疾的《丑奴儿》："少年不识愁滋味，爱上层楼。爱上层楼，为赋新词强说愁。……"心里有着莫名的火气，大人都爱这么说，其实，是他们不懂得少年人的愁苦。

在家中一向没有声音的父亲，不知何时走进厨房来。他指着饭桌上摆着以前没见过的白色搪瓷杯子，脸上挂着有些诡异的笑容说："你知道妈最近身体精神都不好，她听人家说'口水'是种偏方，专治疑难杂症，所以我们要收集'口水'给你妈治病。你看，这里已经有半杯了，你也贡献一些吧？"

对父亲讲出"收集口水"这么不文明的话我感到既尴尬、又丢脸，原本冷冷的脸变得发烫，我相信它已涨得通红。接着我又担心害怕："难道妈妈不但病了，还疯了不成？一向只看西医的她，怎么会相信这种胡言乱语？"脸上的热红一下倒退如潮水，该如失血般苍白。我厌恶且鄙夷地撇了一下嘴角。

"一个原本不错的环境，不错的家庭，到底要被妈妈搞成什么样子？"我差一点脱口而出这压抑在心中很久的话。

其实，我真正气的是父亲的"乡愿"，他怎么不阻止母亲，还助长这怪力乱神的行径？更让我难堪的是在我心目中很有形象的父亲，居然一个劲儿地朝着那口搪瓷水杯吐着口水，还跟我说："就这样啊，你就随意吐几口吧！"

父亲的语调怎么几近哀求？这实在不是他平日对女儿说话的态度，是为了生病的母亲他苦苦哀求我？何苦这样配合呢？莫非父亲太爱母亲，愿意为她付出一切？只遗憾母亲似乎并不珍惜，平日无事总是找他的麻烦，他自己不知道吗？

我不理会父亲的热情示范，一声不吭转头，用力推开后院纱门，顾不得一身的湿冷，再次投入外面的细雨中，想洗涤内心某种龌龊的感觉。藏身于后院我的秘密基地芭乐树下，忿忿地喘着大气说："还以为我十五岁就容易上当啊？要疯，你们自己去发疯吧，我有长远的路要走，可不能跟你们共舞。"

几天后，我在客厅看《"中央日报"》副刊，一旁玩着小飞机的弟弟航非，突然冒出一句话来："姐——你可知道几天前，家里来了个匚ㄥ妈妈①，她一直哭、一直哭，还跟我们爸妈乞求，要你的口水治她儿子的病！妈妈一直劝她快带儿子看精神科，不要误信偏方。但爸爸心软，就答应匚ㄥ妈妈。昨天他骑着脚踏车把那白色搪瓷杯子送了过去……"

弟弟似乎还有话要说，我已经听不下去了。头好像被拳击手来回挥了几拳，"鄞学长的妈妈来了我们家里？""鄞学长没有死？"我手上的报纸无声无息地滑落在客厅那黑白相间的磨石子地上，像一片离枝的树叶在秋风中静静地跌落大地，但我内心世界，却是轰、轰、轰地连番掀起滔天巨浪。

"天可怜见，鄞学长没有死。感谢上天，感谢上天啊！"我内心澎湃地一直默祷。

　　　　天天不越雷池一步，默默跟踪我、守候我的他。

---

① 匚ㄥ，音同 fēng。匚ㄥ妈妈，即疯妈妈的意思。

被吓得惊慌失措的我。

鼓起勇气,涨红了脸,把卡片放在我单车后座的他。

不知道如何处置,把卡片撕成两半的我。

呆望着撕破的卡片,失魂落魄且羞愧得无地自容的他。

跑到教室门口痴痴张望,被全班同学戏弄,仓皇而逃的他。

不满被众人指指点点,不屑抬起头来看世界的我。

被送去疯人院,无法承受电击自杀的他。

躲在芭乐树下,好想出走,找寻生命可以重新来过、重新更正的我……

一年多来被埋藏在灵魂深处,不敢、也不愿去碰触的景象,突然都一一浮现在我眼前。我开始觉得身体肿胀、飘浮,好像身处于汪洋大海之中,迎面而来的波涛正张着大口,要将我整个吞没掉。明明就坐在沙发上的我,却觉得自己在大浪中奋力泅泳,大浪即将没顶,无法脱身,身体随着波浪翻转、上下起伏……

心中掀起的第一层浪,是排山倒海而来的愤怒:父母怎会把我完全当外人,家中发生这么大的事竟然一字不提?难道他们连一点基本的好奇心都没有?不想知道整个事情的原委是什么?他们的女儿在事件中扮演什么角色?明明是受害人又怎样地被同学冤枉成加害人。难道他们不想知道鄞学长死亡的传闻对我是多大的折磨？在无数个暗夜幽梦里，我被酆学长那张看不清楚五官的惨白的脸追赶，无处可逃。"我不杀伯仁，伯仁为我而死"的罪责，让我瘦弱的肩膀上背起无形的十字架，跌跌撞撞地走在崎岖山路上，不知该如何像基督走出重生的路。

学长还活着的消息，该是条立刻让我得到救赎的路，却被父母封锁，他们好像无事人一样，安静沉着地过着正常日子。若非弟弟在玩耍中无意间透露出来，这沉重的十字架还真不知道要背多久。

"姐，妈妈不准我向你提这事，她好担心，说你因为要高中联考，最近都变得怪怪的，不能承受更多压力，但我好想问，匚乙妈妈的儿子到底生了什么病？为什么要你的口水？"弟弟在一旁追问着，并推了我一把，推出我心中的第二层浪——深深的自责。

我以为只要自己每天小心翼翼地活着，绝口不提学校里的怪事就可以减少父母的烦恼；只要戴着个玻璃罩，锁住自己，就可以锁住所有的秘密。没想到纸包不住火，只会让火烧得更猛烈，而且还以更荒谬、更狂野的方式爆炸开来。怪不得那个又湿又冷的黄昏，一向脾气不好的母亲，用她整个背抵制着身后的世界，她不是要抵制我，而是正在努力地隐忍、包容，并克制自己，为了要保守一个已经燃烧出来的秘密，保护她以为什么都不知情的我，就如我想用玻璃罩保护已经生病在床的她一样。

　　弟弟的这一推，把正在海中溺水的我，推到了岸边，让我终于从深海大浪中挣脱了折磨一年多的罪恶感，卸下那如千斤重，远超过我身心能负荷的十字架。只要学长没死，总有得救的一天。

　　我伸直已驼了的背，从水中站起身来，圈双手于嘴边，朝远方做出无声但长久的呐喊，狠狠释放压抑内心深处之郁闷，其力道应可穿墙破壁，且萦绕海边之山谷，久久不散……

　　我终于无罪被释放了！

　　原来我和父母都选择绕着圈子，走远路，用自以为是的隐瞒，相互爱着彼此。

静止的风铃

"没想到你会来赴约，真给面子！"

王泵说话的语气很真诚，外表还是一副吊儿郎当模样。我浑身不自在，窘得不知如何是好。完全不敢望他，但眼角仍不小心瞄到歪戴着军训帽，斜背特长书包的他，卡其上衣一半颓废地露在外面，一半潇洒地放在腰带内，嘴角微扬，似笑非笑，满脸死相，就如他平常在学校那种嘻皮笑脸、玩世不恭的调调。他八成得意万分能钓到我这好学生赴他的约会。而我自己为何让他得逞，到目前为止，还找不出个说法。我咬着嘴唇开始痛恨自己，我的心若是串风铃，一定是挂在门窗紧密、纹风不动的室内。一向矜持的我，怎会答应素有"太保"封号的王泵之约？

想到这儿，一阵脸红，心头小鹿乱跳，赶快侧过身，不敢再看他，甚至还嫌自己离他两公尺的距离有点太近，再多闪开两步。

王泵现在在我们学校念高三，是篮球场上的风云人物，我在初一时，就在篮球场边见识过他的神勇球技，那些又狠又准的三分球,与充满肌力的灌篮英姿,老实说要我们女生不崇拜也难。

自从鄞学长事件发生后,我懂得小心收敛自己的眼神,不敢再去篮球场边看男生校队打球,怕泄漏密封的心事,也怕给自己招来其他麻烦,因为光是远远走过那些男生的教室外围,就会听到各种奇怪呐喊:

"大家注意,冷血动物正迈入我们的暴风半径,威力急速加强中,吹得我们心花怒放……"

"冰山圣人,你就赏个笑脸给我们看看吧。笑一下不会怎样! 笑——"

这些恣意起哄的喧哗,听起来像是被困在铁笼子里精力无限的虎豹豺狼们发出的狂吼。有人带头,其他班级也迅速加入行列,窗口挤满人头,有负责喊的,有负责唱的,还专挑唱片行正在大街小巷里强烈放送的西洋情歌 *My Girl*,*I Can't Stop Loving You*……吵闹中他们自 High 成一团。

他们喊声越大,我就矜持得越厉害,下巴抬高,眼帘下垂,面无表情、若无其事地走出这"暴风半径",用冷漠回应他们的热情,虽然内心还真有阵阵的虚荣与窃喜。我矜持,是因为想不出其他更好的应对方法,总不能拿着手帕作娇羞状或掩着嘴仓皇逃跑? 那恐怕正中他们的下怀,等于变相鼓励,下次不知要做出什么更可怕的举动。

我和他们年龄相同,却似活在不同的国度里,家有长年卧病的母亲与被母亲讥为木头人的父亲,一颗心,总纠结闭锁,无法融入周遭的大小圈子。直到最近，母亲病情渐有起色，家庭氛围也稍缓和，当我面对镜子整理头发时，才蓦然发觉自己终于像四月天里深绿花萼中稍微开展的蓓蕾，露出淡淡粉嫩色。莫非因为如此，我答应了帅气得讨人厌的王泵之约会？

虽然王泵也是单车跟踪者之一，不过他可不像鄠学长那么畏畏缩缩，也不像林建国那么阴沉抑郁。王泵可是直接大刺刺地来"单挑"！国庆日提灯游行的夜晚，王泵就在回家的路上，突破我左右两边女同学的单车阵，直接切入我身边，大胆宣告："我看上你了，要和你做朋友。"

话说完，还邪门地露齿而笑，唇上是刮过的胡碴子，青青的一片，嘴角有个挑逗的酒窝，眼神定定地望我一眼，扬长而去。

但王泵后来出现在我回家的路上，态度收敛些许，还满诚恳地递来一张卡片，再次表白想做朋友的心愿。最令我惊讶的是，他何时说服我结伴骑单车回家的车友，同时放我鸽子，让王泵得以近身提出今天的约会，害我在没有挡箭牌、没有保护、没有准备应对台词的情况下，慌乱地答应了他的要求。

难道我悄悄喜欢上了王泵？我一再追问自己，是因为他在篮球场上骁勇善战，还是因为他那桀骜不驯的反叛个性？

不论在发型、制服、书包各方面，他都不配合学校的规定，总要变个花样；他大过没有，但小错不断。校园里有好几个风头甚健的学姐，她们的头发、制服与行径也都和王泵一样，永远游走在校规的边缘，在层层约束之下，巧妙创化出不同的个性。这种学姐应该和王泵互相吸引才对，为什么他要对我这个剪西瓜头、乍看并不出色的乖乖牌有兴趣呢？内心充满了疑问，或许这就是我来赴约的原因？

"为什么进了初二你就不来篮球场看球赛了呢？"

原来王泵注意到我的改变。我想说，以前因为母亲生病，家里气氛很糟，不想回家，又不敢流连街头，所以才留校看我喜欢的篮球赛。但第一次和他见面，不便透漏家里的隐私。我望着前方空荡荡的泥地，目不斜视地回答："我要赶回家做功课啊！"

"功课真的那么吸引你吗？依我看来，你骨子里不是真正的书呆子，我搞不懂你为什么要把自己伪装成一副书呆子样，我不相信你是心甘情愿地把自己的青春糟蹋在这些无聊的教科书里。请问，死背这些知识对你的人生有什么意义？"

喔？我愣了好几秒钟。没想到这种被校方贴上标签，归类为"太保型"的人物会问那么犀利的问题。从来没有约会经验的我，一直烦恼约会时要和男生聊什么？王泵这一问，倒是解决了我的疑惑与困扰，且难得勾起我浓厚的谈话兴趣。我好想转身看他脸上的表情，但还是努力矜住，仅面对空气侃侃而谈："先死背教科书，才能通过联考念大学，将来才能做自己想做的事。"

"你别听大人这一套唬烂，大学不是一切，如果将来的人生全靠死知识，这种鸟人生也不值得我们去追求。喂！你还真以为未来的人生是靠三角函数或柳宗元生于哪一年、死于哪一年这等东西来经营的吗？"

"我知道应该不是,但反正已经有了这种考试制度,也只能先忍耐、妥协,好歹先通过这层关卡,再去追求自己的兴趣与理想啊。"

"你别傻了,人生最精华的岁月就是我们现在,你最漂亮的时光也就只是现在,要好好享受。别为了大专联考白白毁了它。"

大专联考制度好像真的惹毛了王泵,他的语气变得激动起来而且欲罢不能:"我看上你,就因为你该是个有思想的女孩,不会心甘情愿被学校框架绑住,当心,你的光彩会埋葬在考试中。"

我的童真世界在十一岁因发现母亲生着怪病而提早粉碎后,裹在层层伤疤下特别脆弱又多感的心,若是一串风铃,这会儿被他的真情告白重重地摇了好几下。是啊,学校、家庭带给我的压力让我早就没有活力与光彩了。他的双眸仿佛能透视我深埋心底、渴望跳跃的脉动?他懂得我那挣扎于制度、荣誉与梦想之间的苦痛?原来在反叛的外表下,他是有想法的,我错看他了,以为他只是会打篮球的酷帅肌肉男。

我的眼角突然因感动而湿润,一时觉得好软弱,真想卸下一切武装,伏在王泵厚实的肩头,痛快哭诉满肚子对功课压力、对父母不和、对周遭疏离的种种委屈与愤怒。我从来就不想买他们的账,只是渺小懦弱的我,无力抗衡大人世界,才躲入书本,做个会念书的乖学生、书呆子啊!

难道我和王泵是同类,骨子里都流着叛逆的血,只是我们选择逃避的方式不一样？我比较圆滑，有心机，懂得先忍耐，躲开正面冲突？

王泵说，他高中一毕业要马上去服兵役，想提早进入社会，去学习、体验真正的人生。

我好想告诉他何必牺牲自己的大好前途，只为了证明联考的缺席不是人生的失败，很多事情绝不是一两个牺牲者就能改变的呀。但想了一想，又习惯性地把到了舌尖的话吞回肚里，这就是我，早就被大人训练得把想法都锁在脑袋里，自转一圈就算了，沟通无用，独善其身就好。何况才第一次和王泵见面，还是文静乖巧点，别太多意见。

王泵问可否在毕业前能多见面聊聊？我装模作样地思索着，他未等到答案，就把话锋一转："我猜你喜欢听热门音乐吧？我正在苦练吉他，下一次见面我要边弹、边唱 *Mr. Lonely* 给你听。"

全身的血液好像突然都集中到脑门，太阳穴开始突突地跳起，与心中颤动的铃声呼应，他，也喜欢 Bobby Vinton？也喜欢上个月才挤进热门歌曲排行榜的 *Mr. Lonely*？他是怎么读懂我那深埋在冰原之下燃点很低的心的？

I'm so lonely. I'm Mr. Lonely.

Bobby Vinton 的磁性男低音及超高花腔假声，迷惑了守在收音机旁的我。爱做梦的少女心，随着他的歌声飘山际，渡云端。而眼前，这外表看来和我完全不同的王泵居然也喜欢同一首歌。难道这经常有一群喽啰围绕身边的王泵，其实是个会寂寞、懂寂寞的人？

我一阵感伤，不知是痛自己，还是惜王泵？一首曲子拉近两人的距离，虽然我离他好几公尺远，心已经飞到他的身边，更有独行千山寻到人踪的亲切与感动，眼泪在眼眶里逐渐升温，即将沸腾。不愿王泵看出我的心情转折，就假借时间不早，匆匆告辞，慌慌张张地逃离现场，逃离他的视线，结束生平第一次和男生的约会。我快速骑着单车，身后随风飘来王泵清亮的声音："下次要来听我唱 *Mr. Lonely* 哟！"

我心怀忐忑地回家，递上母亲要我买的蜂蜜与辣豆瓣酱，垂头不敢看她，还好她没再追问详情。

连着好几天，我好像都踩在棉花里，又像是坐在小船上，暖风吹得我晕晕的、软软的，一会儿蹙眉，一会儿微笑，脑海里全都是王泵的那双单眼皮眼睛和瘦削的双颊，那种说不出的"性格"，让我羞涩，又坐立难安，心里弹着酸酸甜甜的曲调。

就在这酸甜中，我赫然惊觉自己的"好朋友"过了几天没有来。刚开始我还不以为意，当日子超过三天后，我就开始胡思乱想：难道两颗寂寞的心弦在《寂寞先生》这首歌曲的意境中交集、缠绕过，就会怀孕？

我恨自己平日是生活白痴，到这紧急关头只能去翻旧课本。很失望，里面没有任何答案。我慌乱至极，难不成渴望伏在王泵肩头的杂念会种下什么恶果？

我为此寝食难安，无心上课，懊恼我用心规划的人生就为了这小差池与绮念毁于一旦。一向铁齿不信神的我跪下来低头虔诚祈求众神原谅我的不智与不洁，求他们给我一次重生的机会，我许下重誓绝不再和王泵联络，虽然他是我生平第一个欣赏的男生。

历经七天的煎熬，"好朋友"终于来了，我除了狂喜感谢上苍恩赐重生，当然要谨守自己许下的诺言，努力克制自己不再回应王泵的来信与邀约，只默默读着王泵写给我的最后一封信。他说完全不明白我为何有如此巨大的转变，但他不愿追究，也不再纠缠，只想告诉我，那天他带着苦练很久的吉他，在我们第一次，也是最后一次约会的墙角，对着空了的场地，自弹自唱了无数遍的 *Mr. Lonely*。他学会 Boby Vinton 的花腔，喊出他对高中生活的无奈与失望，直唱到热泪横流。

凤凰枝头浴火时，他毕业，走出我们省中的大门，也走出我被他牵引、才刚要开启的青春门扉；门上，挂着一串风铃。

当年我没亲耳听到王泵唱歌，但在多年后的暗夜梦里，常听到他在耳边唱 *Mr. Lonely*。我看着他的脸，听着他的弦，想一起唱，但两人的合音似乎随着岁月的流逝难再协调，他是被岁月封存于记忆里永远十八岁的花腔，而我的嗓音则日渐沧桑黯沉……

他是一阵风，吹动灵魂深处原本静止的风铃，留下铃声幽邈，便独自远走，而我，也走了。

但我好想知道，王泵是否也像我一样，在长长的人生路上，频频回首。

无　声

　　母亲在家中每一个窗口都摆上一个迷你收音机,扩音喇叭朝着窗外,音量被调到最大。择选频道的指针被她刻意放在电台与电台之间,以制造收讯不良的特殊音效——空气中浮游的微尘,与电子颗粒相互不对盘的撞击,产生类机械敲打的噪音。母亲用极不协调的嘈杂声和不对盘的邻居萧家,进行隔空较劲,因为萧家人吵到了她。

　　母亲的眼神里闪烁着多年前替我们剪纸娃娃、写演讲稿、教我们写书法时才有的专注亮光。它消失于夜空很久了。如今虽再度燃烧,却只有光,没有热气、暖度,让我看了反倒有几分寒意。

　　才念中学的我不明白为何母亲不再关心我们的课业与生活,也无心做家事,她只用最少时间、最敷衍的态度,应付每一天,却花最大的精神在报复上。我冷着脸、撇着嘴,躲到后院芭乐树下做无言的抗议。我在心里说:"你这样做,只吵得我们做不下功课,才骚扰不到隔壁邻居。"

　　这种真心话我不能说，也不敢说。母亲阴晴不定的情绪把我推挤到家庭边缘，和谁都疏远，尤其是跟母亲。久而久之，我不但在家中无话可说，连在外面该说话时都有问题。未开口，先耳赤、再心跳，诺诺不知所云。最后，到嘴边之话语总被莫名地没收了。同学都以为我是个沉默寡言、没有想法的人。

　　念小学时，家住乡下，学校离开我们住的村子有段距离，村中的学童都靠军车接送上下学。一大早等车时，别人家都吃着自己母亲亲手做的早餐，唯独我和哥哥得跑到村口买大饼充饥。那时年纪小，不自卑母亲与众不同，反倒很炫耀地吃着花钱买来的早餐。唯一的困扰是，无论我拿哪一块大饼，哥哥永远认定我手上的比较大，不容我说分明，就一把先抢走。后来我学乖了，什么都不说，先故意挑一块最小的拿在手上做幌子，等哥哥把它抢走后，我才慢条斯理地从摊子上，拿起那块我原本要预留给他的较大的饼，默默地吃着，什么话都随着大饼被吞到肚里去了。

　　躲在芭乐树下的我，瞧四下无人，拿出藏在绿叶枝桠间属于我个人的迷你收音机，虽然它的品牌和母亲的完全相同，但，不同于母亲的是我会把指针准确转到"中国广播公司"，而且把音量调到最小，几乎是凑在耳朵边偷听陶晓清主持的热门音乐节目，听滚石乐团唱 *Everybody Wants Somebody to Love*。

　　别人都认为听西洋歌曲的该是走在时代前端，剪着赫本头或飞机头，耍酷、耍帅的太保、太妹，怎么样都不该是我这种安静的书呆子。虽然我并不排斥钢琴、古典音乐，但热门音乐中狂野、鼓噪的蓝调节奏与摇滚是我的真爱。我就爱在震耳欲聋的鼓点与电吉他声中，听歌者嘶哑着喉咙，反复呐喊简单的歌词。别人听到的或许是喧闹得令人心烦意乱的噪音，我撷取的是掩藏于奔放深处的孤寂与伤痛。

被母亲的噪音震到院子来的哥哥，发现我躲在芭乐树下偷听热门音乐，万分惊讶地摇晃着我的肩膀，大声质问："你为什么喜欢这种疯子的吼叫啊？"他说话的口气好像听热门音乐是多大的罪过，就跟上星期他吼我一样："你长得也不算差，怎么就没有一丁点青春的光采？"

在青春正盛的年华，我没有光采，该是谁的错？我渴望被别人看透内心的痛，不是这种被误解的责备。

哥哥没交过女友，但他对我说话的口气却像是在挑剔自己的女友，或许他把我当样本在模拟未来？他不明白，这些"疯子"的吼叫对我能有多少安抚与救赎，如同我也不明白，年龄只长我一岁，生在同样家庭、遭遇同样家变的哥哥，为什么不受母亲影响，依然生活得单纯自在，不需要找寻任何安抚与救赎？莫非就因为他是喝贵族奶粉长大的"勒吐精宝宝"？

母亲以前常爱说，她当年是怀着极端喜悦的心，迎接这漂亮的长子的。体弱多病的母亲完全没有奶水，在当时物资极度缺乏的南部乡下，坚持要给哥哥喝当时最昂贵的荷兰进口名牌奶粉"勒吐精"。而来自农村、做过流亡学生、教书薪水仅足糊口的父亲，不发一言就默默去兼课，赚取昂贵的奶粉钱。

我不理会哥哥的质问，只顾着聆听陶晓清为听众点播刚进

入排行榜的新歌 *Pain in My Heart*。

世界上终于也有其他孤寂的灵魂，痛在对爱的渴求里。在主唱撕裂的嗓音中，我有种揭发别人私密的快感，仿佛看到一颗裂开表层、淌着鲜血的活跳跳的心，这是歌者的真实渴望与悲凉沧桑，他们是我的同类，懂我的心。这种冷、热两极的组合，让我享受伤口被抚慰的刺痛与温柔。

母亲全心投入迎接新生命的到来，付出她全部体力、精神与爱心。但她的好心情没有维持太久，哥哥三个月大的时候她发现又怀孕了，怀我。

母亲二十九岁结婚，三十岁生子，在当时的年代算是晚婚又晚生，所以她渴望有家庭、有孩子的感觉。哥哥的出生，让她圆了梦，但也让她尝尽现实生活中做母亲的辛苦，她发现酷爱文学与美好事物的她，并不适合做一个围绕着柴、米、油、盐、酱、醋、茶打转，生活琐事都要亲力亲为的家庭主妇。她在二十九岁之前一直都过着拿书本、写文章的惬意日子哪。

母亲的心情跌到谷底，除了担心家中经济已被"勒吐精宝宝"吃得山穷水尽外，她的精神体力也已经山穷水尽，除了怨悔，她掏不出任何温暖来迎接第二个新生命。

母亲说我出生后，父亲烟吸得更多、更加木讷，没拿出任何积极有效、解决经济问题的方法。刚出生不久的婴儿，只能喝最便宜的脱脂奶粉，让她半夜里饿得哇哇啼哭。才结婚两年多原本恩爱的父母，因连续生了两个小孩，加上经济上的紧迫，像是突然接到一张远超过他们能力的考卷，不知如何作答，干脆乱写，就让那孱弱的新生命哭到天亮；哭到累，自然会睡。

我模糊记得，幼时是跟着父亲睡，总是被父亲搂在那两条长胳膊里动弹不得，闻着他的气息，听着他那高挺的鼻子发出打呼噜的声音，让稚年的我温暖也害怕。

父亲曾为我剪头发，剪成小男生头，我好生气！但是笨手笨脚的他坐在手摇缝纫机前，为我裁的绿色花裙子，倒让我很满意。高兴地穿上它转了两圈，才跟着哥哥坐上父亲的单车，一起去大鹏疗养所探望母亲。

哥哥坐在单车横杠上，我坐在椅垫前端，把脚放在哥哥身后。父亲坐在椅垫后端，一家三口浩浩荡荡出门。

父亲载着我们过一条小桥，再爬土坡，老旧的单车爬坡时发出咿咿呀呀的怪声音，而父亲也总是配合着那怪声音，吃力地踩着脚踏，一步一步地往前蹬，还自创小调："咿咿呀呀，我好累呀。咿咿呀呀，快往前呀！"

踩着、踩着，单车好不容易才爬上坡头，然后一路顺着下坡，轻松滑到疗养所门口。

在疗养所里，母亲看起来特别舒坦，自在地躺在单人病房里，笑口盈盈地看着我们，偶然护士会来病房帮母亲打针。

母亲为什么经常要住医院？为什么要打针？彼时我完全不了解，也并不在意，只顾着口齿不清地向母亲告状："我晚上都要跟爸爸睡。爸爸把我的头发剪得好丑。"

疗养所在父亲学校附近，我和哥哥经常会在前厅，碰到父亲的学生。他们都住校，周末没地方去，就在疗养所附近闲逛，每次看到我们，特别高兴，拿三四岁的小孩戏耍，抛向空中再接住。

玩够了，我和哥哥回母亲病房中，把她的莲藕粉、苏打饼干吃个精光，然后很开心地跟父亲回家，结束例行的周末半日游。回家的路上，三个人的影子被夕阳余晖拉得好长好长，单车依旧发出咿咿呀呀的怪声音，但父亲却青郁着一张脸，出奇沉默，不再哼歌。

长大后，我才知道母亲长年打的是复方维他命B补针，她总认为需要定期补养，还得像汽车进厂维修般住院休养，这样她才心甘情愿地过日子，面对无聊又繁琐不堪的家务。也是长大后，我才注意到经济并不宽裕的家中固定有人帮忙洗衣打扫。

Have you seen your mother, baby, standing in the shadow?《宝贝，你可曾见过驻足暗影中的母亲？》收音机里传出黯然神伤的调子。母亲何时开始驻足暗影，徬徨幽谷，我已记不清了，我只奇怪哥哥这"勒吐精宝宝"，不因母亲的改变而改变。我仔细体会，这不是因为他婴儿时期喝名牌奶粉，而是他得过母亲的专宠，躺过母亲用全然的爱筑起的温暖襁褓，所以储存了足够的能量供他终生提用。

哥哥从来不爱西洋音乐，主要是他不喜欢英文。数理头脑很好的哥哥，自认语文科是他的罩门，背不起英语句型，发音总发得不够标准，根本不会说山东话的他，说英文时却带着父亲那口山东腔。没想到的是母亲的病会因为他的山东英文而有了转机。

那天,他又在院中苦练英文单字,把"tomorrow"念得很像"土八路""土八路",正洋洋得意自己的创新时,邻居萧家突然狠狠砸进砖头。和父亲在同一所学校教"近代史"的萧伯伯,隔着围墙劈里啪啦一阵乱骂:"你这个兔崽子,怎么骂我土八路?你才是土八路!"

鲜少和我们来往的萧妈妈,隔天带了一篮水果登门拜访。她身材高挑,比母亲年轻许多,平日打扮入时,有些倨傲,此时却扭曲着脸,哭诉萧伯伯有被迫害妄想症,恳请父母放他们一马,别告到学校去,全家六口就靠他的薪水过日子啊。她哭得一把眼泪、一把鼻涕,一再保证会看好萧伯伯,绝不让任何暴力行为再发生。

母亲没想到骚扰她的假想敌人、仇家邻居,和她有类似的毛病,也是可怜人。这新发现,让她紧绷的神经慢慢松弛了,报复的心情也减轻了许多,她眼中令我寒冷的火光黯淡了,熄灭了。只是她没有移开一直站在窗口的众多迷你收音机,让它们虚张声势地保持作战姿态,类机械的撞击声也变得有些口齿不清,渐渐融入家中的空气,成为不存在的存在。

一个春日下午,我在众多迷你收音机营造的氛围里,听到母亲心情愉悦地哼着她多年不曾唱的《葡萄仙子》与《初恋女》。这些是她单身时代的最爱。

母亲哼着歌,一面把买回来许久却一直被冷藏在衣橱里的花布料拿出来,放在床上,用她的旧衣裳做样子,左右打量着,最后,在衣料上画着彩色线条,好像重新找到她记忆中的彩色时代。这一刻她神情专注,眼神里闪烁着如湖水的光泽,平静无波,只在嘴边荡漾着笑纹。

或许,母亲在别人的苦难中找到生命的力量,就像我在震耳欲聋的摇滚中找到如宗教般的救赎。

母亲的暗暗歌声流动着,我朝窗口望去,从未调对频道的众多迷你收音机忽然沉默下来,它们都无声地站着,静静聆听。

异　乡

“省一张火车票吧！”父亲淡淡地说，但眼神快速扫过母亲的脸庞。

“有你妈去就行。”他再补了一句。这回，他的眼神快速扫过哥哥的脸庞。哥哥才是被母亲最疼爱的人，但去年母亲没有陪他到台中私立大学报名。

考上台大，母亲主动提出要陪我北上注册，并参加新生训练，其实我心里渴望父亲同行。私底下我最想把考上台大的荣耀与父亲分享。要不是父亲这安定的锚，稳住多年来因母亲不稳的情绪而在风雨中飘摇的家，我怎会考上第一志愿？父亲用他的沉默忍下母亲的焦躁，扛下母亲对生活不满的所有责难。但在这重要的场合，父亲却选择退让、缺席？用各种借口来逃避，难道陪女儿上台湾的第一学府报到是一种麻烦、负担？若真是负担，也该是甜蜜的负担吧？明明很爱自己的父亲表现得让人不解，不禁怀疑母亲长年抱怨他，恐怕就是这种奇怪的冷漠。

在火车站月台和父亲话别时，一再地牵着父亲温热的大手不忍放下，就像去年，哥哥去台中念大学时，也曾摇晃着我的手说："老妹，对不起，老哥先逃家了，留下你在家应付爸妈的问题。"

如今我也有同样逃家的自由与快乐，但父母的问题该谁来分担？温和谦让的父亲一人怎是母亲的对手？

坐在莒光号干净的对号车箱里，身边放着大皮箱，里面装满母亲亲手为我裁缝的漂亮洋装，还有刚买的粉红毛毯、浅黄床单、枕套，考上台大的我即将展开缤纷的人生。走过一切为联考的中学生活，如隐于深山之忍者，终将下山展神功，如深埋土地之蝉蛹，终将飞上枝头高歌。在台北，我会有完全不同的人生视野吧？

快速倒退的窗景，仿佛倒带的人生，我想起求学的开端，和大一岁的哥哥同时念幼稚园小班。

母亲或许为了省事，让四岁的哥哥和三岁的我念同一班。一学期结束时，我以第一名得到漂亮的故事书，兴奋无比地由幼稚园直奔巷子后的家门，准备向母亲邀功。哥哥一路穷追于后，要抢我手上的书。眼看母亲正在院子晒衣服，哥哥忽然赖地不起，嚎啕大哭，吓得母亲慌张拉起在地上的哥哥，顾不得焦急跳脚高举故事书等母亲赞美的我。好不容易等母亲搞清楚状况，却只见她温柔地帮哥哥用热毛巾洗把脸，然后将我得来的奖品摆在两人中间，淡淡地说："学校拿来的故事书，两个人一起读。"

母亲顾着安抚哥哥，硬生生地把小小年纪第一次努力争取好成绩的我晾在一边。她的冷静，像冬天一阵寒风，吹冷我想博取她关爱的心。从此，我认为母亲只在意大我不到一岁的哥哥，她眼里好像永远看不见我持续争宠的努力，让我心中带着伤痕走在家的边缘。

小学毕业前，我拥有一个破败不堪的布娃娃，不忍丢弃。那是我刚进小一，周末父母带我们坐火车由大鹏去东港镇上玩，在一家玩具店里看到的。布娃娃似乎懂得我渴望被爱的心，大大的眼睛柔情地望着我，要我带她回家。但母亲硬拉着我走开。我心里难过，表面上却不吵不闹，默默地跟着大人继续逛街。

第二天闷闷不乐地放学回家后不久，看到父亲满头大汗地骑着脚踏车回来，嘴角有掩不住的笑意，出其不意递给我想了一晚上的布娃娃。我几乎要把自己的心掏出来那样紧紧搂住父亲与布娃娃，但父亲马上撇清责任似地在一旁提醒："还不快谢谢你妈？"

至少父亲应是爱我的，他只是碍于母亲的强势不敢表达而已。

但这一次考上台大，情况不同了。北上前的半个月，母亲手脚没停过，哼着歌，在尘封已久的脚踏缝纫机前忙碌不已，一件一件粉嫩的新衣完成于母亲的巧思巧手。她要我穿上新衣，编织她年轻时因后母阻挠没能圆的大学梦。如果当初母亲能如愿跨越彩虹桥，或许她今日的人生不会驻足暗影，徬徨幽谷，经常发着奇怪的脾气？

哥哥念大学时写信给我，他不但摆脱父母的问题，也摆脱了我从小到大对他功课上造成的压力，他自由了，我却愣住了。在母亲刻意的保护下，哥哥竟也是带着伤痕长大的孩子。我怎么从来就只怜悯自己？多年来总暗地责怪母亲对我冷漠，或许夹在相差不到一岁的儿女中，左右为难的母亲才是真正走在家庭边缘的人？

火车因换轨突然有一阵剧烈的摇晃，就像大专联考乙组放榜那天，我因紧张而剧烈收缩的胃。原本一直守候在收音机前等待学校分发的我，突然腹部一阵绞痛，不得不冲进厕所，没几分钟，从客厅传来家人的惊呼声："不得了了，居然是台大第一名！"

来自南部名不见经传的省立高中的我，居然中了台大中文系的榜首。可恨偏要在厕所里，错过人生中最重要的历史时刻。这几秒钟的历史荣耀，可是中学六年，孤立于所有舞会、约会、郊游、电影等缤纷绚烂，一味埋头苦读过黑白日子的成果。连和父亲早就分房睡觉的母亲，也在关键时刻牺牲自己的睡眠，勉强让父亲搬入她的房间，挪出个空间给我开夜车。

邻居高伯伯是父亲学校教务处主任，高妈妈也是父亲的同事，他俩来家里道贺，除了送一件好料子的衬衫给我之外，还带一大串鞭炮庆祝。在炮竹的爆炸声中，我们一家都手足无措，好尴尬，谁都不适应这种高调表达欢欣的模式。

在台大注册完毕，母亲带我去税务局宿舍看一位阿姨。姨父在局里任处长，听说我考上台大，马上介绍在台大中文系任教的张教授，凑巧张师母是母亲高中学姐，大家聊着聊着，聊出母亲来台湾二十年，一直找不到的小同乡林阿姨。热心的张师母带母亲到了住吴兴街的林阿姨家。

从林阿姨口中我才知道，原来母亲来自蓬莱与戚继光家族并列、进士辈出的世家门第，林阿姨和母亲是从小一起长大的邻居，亲娘都早逝，又都在青岛女中念书工作，成了感情特别深的好姐妹。国共战乱，不少亲朋好友因房产、事业或理念不同不来台湾；也有不少人因找不到来台的管道被迫留下；来到台湾的，随着不同单位被安顿在不同的角落，为捉襟见肘的生活忙碌不已，无暇连络亲友，各自沦落天涯二十年，孤寂地找不到彼此。母亲与林阿姨属于后者。

我在台湾出生长大，刚满十八岁，只会念书，不知道战乱为何物，且陶醉在"新鲜人"的滋味中，无法体会大人世界里历经颠沛流离、劫后余生，又能再度相逢、相拥的滋味。只见母亲和林阿姨相认的那一刹那，先是惊呼连连，然后抱头痛哭，上下顿足。在涕泪纵横的场面中，两人不停地问对方："你带令尊出来了吗？"又同时回答："没带出来。""你有令尊的消息吗？有联络的管道吗？"

母亲说："刚到台湾，看到满院子的香蕉，好兴奋地写家书告知最爱吃香蕉的父亲，后来，音讯中断了，什么消息也没有了……"

两个老姐妹从狂喜中沉默下来，各自沉浸在思亲的哀愁中，一种我无法体会的流浪者之旋律，萦绕凝结于林阿姨的客厅空气中。

林阿姨没有女儿，只有一个在东吴大学念大三的儿子，当下她就收我为干女儿，要母亲放心回南部。好像非要这样才能悄悄填补二十年来，因大时代造成亲情的空窗、友情的空白。事实上，也就只能这样了。

接着母亲带我去南港"中央研究院"史语所，去找王伯伯。王伯伯当年和父亲一同在四川重庆沙坪坝念中央大学中文系，两人毕业后又一起申请到青岛女中教书，同时认识了在教务处任职的母亲。他们三人曾是一起谈诗、说词，一起打篮球、乒乓球的好朋友。

母亲和王伯伯聊天时兴致特别高昂，一旁观看的我有种错觉，怎么觉得比起父亲，王伯伯应该和母亲更熟？也让我看到在父亲面前一向强势、难得见到女人态的母亲，此时成了一个热情、有很多亲友人脉，不生病、不摔盘子、有魅力的女人；完全不同于困守在南部眷村五口之家，困守于木讷寡言、不擅长和任何人来往的父亲身边的母亲。身为"中研院"研究员的王伯伯，在母亲撩起她的头发时，不小心打翻了茶水。我突然揣测到父亲不肯北上的原因：当初在情场上赢得美人归的父亲，在来到台湾后的现实际遇不如在中研院工作的王伯伯。父亲并不是对我冷漠，而是不愿北上见事业更有成就的王伯伯？或许父亲也不是故意对母亲冷漠，只是他心中有太多自己过不了的关卡？

从小听父亲一再提他中央大学中文系任教的恩师张世禄。抗战胜利后，张教授回到在南京复校的中央大学教书，并于附近的空军参谋大学兼课，以贴补因金元券跌跌不休、物价飞涨而不敷家用的薪水。内战后期，参谋大学提早撤退台湾，张教授因年纪大，不想背井离乡去一个只在历史教科书上出现的台湾，把当时金条都买不到的两张船票让给父亲，并推荐他心目中的高徒，我的父亲，承接他的教职。

一心要研究语言学的父亲，因为大时代的变动，一脚踏入军旅，在台湾滞留谁都没预料到的二十年，由少尉成了官拜中校的教官。我们全家享受着他军职才有的柴、米、油、盐等免费福利同时，他的梦与理想正一点一滴地流失于无言的沉默。

原来我和父母属于完全不同的国度，台湾是我出生长大的原乡，却是他们的异乡；在大时代的巨变下，完全无法操纵自己命运的他们，一个用焦躁，一个用遗忘，舔自己伤口而相互错踩彼此人生二十年。

由王伯伯的引荐，我，尚未正式进入台大中文系的新鲜人，去拜访中文系系主任了，且大方地坐在系主任家里喝茶聊天。

原来台北人都是这样有名有姓，他们开口闭口谈论的都是些报章杂志或书本上才看到、听到的人物，以及人物的趣闻、轶事。原来台北人都是这样有来头、有文化啊！才到台北几天还没正式开学的我，已经大开眼界。

处理好一切，母亲就回南部。剩下我和七个完全不认识的人住在八坪大的房间。我收拾好床铺，溜了出去，独自一人漫步于校园的椰林大道上，想起多丽丝·戴的名曲 *Whatever Will Be，Will Be* 那首歌：

> 当我还是个小女孩，我问母亲将来会怎样？我会漂亮吗？我会富有吗？母亲这样对我说，未来该怎样就怎样，我们不能预知未来，未来该怎样就怎样。

对未来在台北的人生我有着父母对自己人生早就没有的"不知道会怎样"的好奇与浪漫。但奇怪的是，刚如愿逃出六年来一直想离开的家，我怎么就在长风吹起裙角的椰林大道上，在傅钟悠扬的二十一响钟声里，想念起我的原乡来？更想念家中那两位因为命运作弄，身陷异乡的沦落人？

瓮

　　母亲犹豫了一下，没理会我的恳求，轻轻松松地拿着菜篮走出前院斑剥的红色大门，回身把上方的挂钩反扣上，就走了！我呆立在挫折与失落中，再次尝到和母亲互动经验中不愉快的滋味。

　　瞪着那单单、薄薄的一条细金属挂钩，我不相信它在老旧的木门上能发挥任何防卫或阻挡的作用，但可恨自己居然脚软到不能走到院中，把红色大门下面的木栓拴好，以策安全。我像是个被遗弃的孤儿，虚弱地锁好客厅的房门，然后躲进卧室，胡乱地拿本小说摆在眼前，强迫自己进入小说世界，脑海里却如走马灯般，跑出刚才的一幕……

　　母亲过来说："为了你，为了墙外站着的'那人'，我已经三天没出门买菜，家里酱油、青菜都没了，你爸爸、哥哥总要吃饭，无论如何我都得去菜市场一趟，很快就回来。你若害怕一个人在家，就跟我一起去！"

　　我忧愁地问："跟你一起走出大门，不就被'那人'看到？他会缠着我们大闹菜市场吧。"

前天夜里,那人已经来闹过了。

彼时,客厅墙上大挂钟敲了十下,前院大门传来急迫呼喊声:

"土匪来了,我要来救人！来救人！"

从来没听过那人讲话的我,不知道他的正常声音该是怎样？静静的暗夜传来沙哑的声音,像是受伤动物的哀嚎,划破沉默的夜空,穿透整条街坊。左邻右舍的狗儿都开始狂吠,原本准备就寝的邻居发出开门、关门的声音。

我躲在被窝里忐忑不安:莫非邻居都走出家门,好奇地、多事地朝着我们家探头探脑？他们一定在评论我做了什么坏事,惹疯狂少男半夜来撒野？可怜父母一辈子小心做人,也不论人是非,这下可要成为邻居的笑柄,而整条街的邻居都是父亲学校的同事,以后父亲怎么去上班？

这场闹剧已让全家颜面尽失,难道还要到菜场续摊？不敢想象以后放寒暑假,我还能再回到镇上吗？

在大学收到好几封因地址不详,流落到校园公共信箱里的情书,都是那人寄来的。

中学时代那人就一直写信来,但现在,他信中口吻已由当时的清纯爱慕,转变成充满颜色的欲望,让我读得心惊肉跳,深怕有朝一日他终会查出我的宿舍地址。从此,我的心好似走入瓮底深处暗影,不知该如何走出狭窄的瓮口。

好不容易熬到放假,我匆匆由台北逃回小镇,没想到那人却日日隔着马路守住家门口,有点像爱做四川泡菜的父亲,从菜市场搬回一个深褐色的瓮后,把用盐腌好的白净包心菜,加上好多糖、花椒、米酒,塞进瓮的大肚子里,封口后还不放心,又压了一块大砖头。然后他天天耐心守候着,隔不久就掀起砖头,把鼻头凑近瓮口,仔细闻了又闻在发酵中的泡菜味道。

奇怪一向神经过度紧张的母亲,对我的忧虑轻描淡写地说:"趁他打盹闪神的时候,悄悄走出他的视线就可安全过关。"

走出他的视线就等于走出瓮口吗?我不太相信,慌乱地请求母亲等父亲或哥哥回来再出门,不可把我一人丢在家里。

但母亲只犹豫了一会儿,还是头也不回地拿着菜篮走了。

母亲当年高中毕业一找到工作,就提着行李头也不回地离家走人,走出当地与戚继光家族并列的世家门第,展开她一生最独立自由的甜美岁月。她在工作之余爱读苏俄托尔斯泰与高尔基的小说,还写作、唱歌。我承继了母亲所有的兴趣,但这并没有为我们的母女关系加分,多年来她对我的态度总不在我的期盼之内。

眼睛虽然望着小说集,我心里却默默祈祷菩萨保佑,站在马路对面的那人,没注意提着菜篮走出门口的母亲。

四周出奇地静,但这种静,透着诡谲,是风雨欲来的静,让人神经加倍紧绷,才十分钟,好像一世纪那么长。我开始胡思乱想,担心自己锁在房内,像头埋在土里的鸵鸟,一味自欺欺人,该走出卧室张望,以掌握军情,才能及时拯救自己。

越想越对,我蹑手蹑脚地潜出自己的暗处,准备到面对前院的主卧室探个究竟。

谁知才踏入主卧，惊见窗帘没有放下，窗户也被打开了一半……

前晚发生事故时，那人的喊声越来越凄厉，还不时夹着木门撞击声，父母害怕他冲进院子，立刻锁门、关窗、并放下垂帘。慌张的母亲更一个劲地催促父亲，快由后院绕到前院，去面对这默默追求我多年却从未接近过我的人。我一直以为他只是个无害的影子，没想到未得到我任何回应的他，今天会以如此疯狂的方式露面。或许就像瓮中发酵过久的泡菜，经不起太阳晒，各种气体膨胀，会把整个瓮爆裂开来？

人高马大的哥哥，跟着父亲一块儿出去，看看能否帮得上忙。斯文、话少、怕麻烦的父亲，会如何面对精神极度亢奋的他？父亲会被他拉扯、推撞，摔倒在地？小时候很会干架的哥哥在旁边，该有吓唬人的功能吧？万一，万一，他们俩都挡不住失控的那人，让他闯了进来，我该往哪儿逃？想到这儿，我的心如找不到头的线团，乱纷纷的。干脆脱下睡衣，换好外出服，准备状况不对就逃往漆黑后院，藏身于枝桠茂密，开着蓬松小花，结实累累的芭乐树上，那个陷于盲爱又狂乱的人一定找不到我。

但现在可是大白天，我该往哪儿藏？于是我踮起脚跟，紧紧张张地走近窗口，要去关窗。

正在伸手的刹那，窗口中间突然出现一个大头，一张紧紧黏住防盗铁栏杆，恨不得要钻进来而被挤压得全然扭曲的脸，框在我眼睛正前方……框在瓮口,嘴巴半张,两只眼睛像勾魂一般,动也不动,痴痴地望着我。

万股冷流在我脊椎骨里上下奔驰,全身失去了温度,我想大喊,但喉头已被完全封锁,无法呼吸……

我,僵立现场,嘴巴半张,那张脸想必也同他一样是全然地扭曲。

但过度的惊恐瞬间翻成火力十足的狂怒,被吓得失去反应的我,在几秒钟之后听到自己嘴里吐出凶恶无比的诅咒声:"你——敢再越雷池一步,我——会——你快滚滚——滚——"

我杏眼圆睁,歇斯底里地骂着、吼着,和前晚的他一样成了个失去理智的疯子。在虚张声势的嘶喊背后,我听出自己濒临崩溃的声音,无奈、哀怜、绝望,不下于夜半里他发出的哀号。

一直隐身暗处,尾随我多年的他,终于在今日、此时,和我面对面站在同一层精神领域,我俩如同相互较劲的拳击手你来我往,分别在白天与黑夜各自喊出灵魂深处的愤怒与压抑,其声划破天空,穿透整条街坊,刻入别人的耳膜与彼此的耳膜;其声相互缠绕,像一对激情热恋中的男女,合奏一曲声势澎湃的生命交响曲。从不对话的我们在相互呐喊中重叠、交集了。

只是今日的他完全冷静,似乎在享受观看我如他走到穷途末路的窘境。之后,他右边嘴角轻微上扬,苍白的脸露出一丝几乎不被外人察觉的笑意,然后,安安静静地转身,从被他打开的红色大门走了出去。就像前天夜半,他听从父亲温柔的规劝:"土匪来了,你快回家救你母亲"般,在狂暴后默默转身走了。

　　我把窗口关上、锁好。锁住入口，也等于锁住了出口。仿佛无脊椎动物般，身体沿着床边下滑，下滑……

　　不知过了多久母亲回来，用钥匙打开客厅房门，大声地说："喂，墙外的那人走了，但大门怎么被打开了呢？"

　　没有任何回应，她走进卧室，发现不停颤抖的我，高声惊问："你怎么啦？"

　　在历经惊恐、屈辱、虚脱各种情绪的煎熬之后，我看到母亲回来，紧绷的情绪松开，眼泪像是紧闭的一锅水，在持续加热中储存太多能量，突然找到一个出口，争先恐后地泉涌而出。我一面哭，一面奋力扶着床沿站起来，伸出颤抖的食指朝向母亲：

　　"够——了！你明知道那么危险的他就站在家门墙外，却抛下我去买菜！我求你保护我，你不理会，就像你的后母看着她的孩子欺负你却不阻止一样！"

　　从懂事以来压抑在胸中所有对母亲的不满像火山爆发般裂开，岩浆顺着心中的裂口滚滚而下，我拿出母亲的成长故事来批判她：

　　"从小到大，你存心疏离我，是要我经历你曾走过的痛！"

　　累积的情绪轰然冲来，如凌空而下的断崖飞瀑，已经离心且失去了轻重感。

　　刚开始，母亲被我的架势震慑住了，任我恣意哭闹。我一向乖巧，她没见过如此的我，一时回不过神。但几分钟后，她恢复了往日的气势与犀利，把菜篮子一甩老远，提高嗓门回应：

　　"你才不像话，去哪里惹来一个病人，害得我们全家胆颤心惊? 还不就是看你一直是个爱念书的乖孩子,所以一句重话都没骂你,以我的脾气这还忍得不够吗? 病人不走,我们也只能学着与他和平共处,不然日子怎么过?"

"对! 你很优秀,在外面得到的掌声够多了。我故意不夸你,免得你太骄傲。你看,念了大学不就更神气了吗? 我也很会念书,是我后母阻挠没进大学。你,只是命好!"

"再说,你也没漂亮到哪儿去? 我年轻的时候可没像你惹这些麻烦!"

自以为委屈得不得了还在抽噎的我,深吸一口气,怎么在母亲教训的口吻中,嗅出酸溜溜的味道? 难道母亲对我冷漠不是因为我不够好,而是因为她在羡慕我,忌妒我,在和我竞争比较?

我停了几秒钟,然后继续哭,只是这一回不再讨爱,而是为母亲生不逢时,适婚年龄遇八年抗战,青春留白而哭;为她在天下大乱时匆匆嫁给父亲,提着两个行李仓促来台,远离所有亲人与熟悉的环境,却又进不了父亲的内心,婚姻不幸而哭……我的眼泪哭进母亲的哀愁中。

泪水逐渐止住了,我全身发软,才突然想起,刚才和那人只隔着铁栏杆、四目相对时,他到底长什么样子? 奇怪,无论怎么想都想不起来,只记得那人有一张惨白的脸,在离开窗口转身前的最后一刻,右边的嘴角上扬,露出一抹笑意,一种志得意满,征服对手的胜利微笑……

我猜,这纠缠数年之暗影不会再来了,我们将是两条平行线，永不再交集。因为他已正面和我交锋，而且在某个层面上，占了上风，以他，郾学长的方式赢得了两人之间的战争，该心满意足回去照顾他最爱的母亲。而孕育我的母亲，虽在成长过程中疏离、放逐了我，但最终，我透视了母亲裹在硬壳内极需悲悯安抚的脆弱之心。原来我俩都是渴望爱又得不到的弱者，不该是对手。

多年后，我也跟父亲学会腌四川泡菜。初次打开那酝酿许久属于我的瓮，看见片片包心菜叶都散开，黑色的花椒粒自叶片滑落。盐、糖、酒都不见了，发酵转化成浓浓的香气，飘出瓮口，散播在家的氛围中。

附　录

水火两岸

吴钧尧（作家、幼狮文艺主编）

谈写作，总会涉谈执笔的核心，芸芸我辈，理由千万，犹如我们不一样的脸。

"脸"的不同，还在于心，在于环境、身世与历史冲击的大故事。这构成脸的美妙，这谱成文字的各种发音。

六十多年前，两岸战事，致使一对以为短暂旅台的夫妻，再也回不了彼岸，他们苦守遗憾，落地生根，他们是蔡怡的父母。蔡父当教师，蔡母家管，养育二男一女，在这岸延续血源，以及身为两岸人，他们的无奈、伤怀与苦乐。

蔡怡父亲寡言温厚，母亲则漂亮精明，两人性格截然，都有志一同抵抗家族的婚配命令，在不自由的年代，自由恋爱。台湾必定带给他们自由的想象，尤其南台湾，阳光彩好。两岸隔绝是一层现实，逼迫新人夫妻明白，生活无法倒退，再退，就险涉大海了。婚姻生活犹如另一场战争，没有楚河汉界，发生得更紧、更密。蔡怡与其手足，便在火线中成长，尤其是蔡怡。

蔡怡的文章常被"误会"重点在写"亲情"，甚至是切合潮流的"银发长照"，那是因为文章的表面，真长作那样，比如怎么看顾失智的父亲，获得《联合报》散文大奖的《烤神仙》，堪称代表作。《一甲子的凝视》，父亲已不认识病床上躺着结缡甲子的妻子。《母亲的味道》，与母亲的互动睹之鼻酸。《二十岁的父亲》，父亲退化作一个小孩，但不成长，只能继续退。蔡怡在双亲退无可退之际，挺身照料，写下了亲情佳构跟看护老人等文章。

这是蔡怡常被看见的一个重点。蔡怡更大的勇敢，则必须追溯到她的成长。她的家庭，怎么成了火线？童年、青春如何巢灭，她又是怎么一泥一枝，辛苦筑巢，且筑得更大、更好，不仅遮风避雨，也化解人间忧伤。蔡怡追得更远，写下父母的大时代，那个让很多人心碎的岁月江湖，人虽渺小，却长得坚韧。她的父母流离于此江湖，蔡怡用文字构筑她的江湖。前者是火、后者是水，蔡怡的故事，火、水同源。一个炽热、一个泪多，这些都必须勇敢面对，才能蜕变、才能对话。

写，无疑就是想说、要说、必须说，但是面对核心，却不是件容易事，喜怒、孤单与愤怼等，这些，都得坦诚。我们常显善、掩恶，这不仅乡愿，且又再度蒙骗自己一回。蔡怡不这么做，她生就一个美丽的女子，是来自父母的庇荫；她书写的每一字句，是自己练就的，也渊源于火线。两岸的、两性的，水火本同源，蔡怡透过书写，看到时代是怎么一血一泪，冲激她，有了自己的平原。蔡怡在这里种下的故事，除了亲情、老人照养，更经常是慈爱与慈悲。爱自己的伤，以及父母的跟时间的。

爱，自己的伤。水火同源不单是台南关仔岭的著名景点，也说出蔡怡的写作核心。心头的微火一发动，便见柔水流殇。水跟火，有各自的底色，蔡怡拔取一株，栽文两岸上。

直视生命中无可回避的痛

汪咏黛(作家、台北市妇女阅读写作协会理事长)

一颗晶莹剔透的心,自然清澈而细腻,素朴的文笔既不炫技,也不求华美,却深入肌理,充满悲悯情怀。这就是我认识的蔡怡,文如其人。

初识蔡怡时,她五十岁出头提早退休,四处上课学习。她的学历辉煌:台大中文系榜首、台大中文研究所,为爱奔赴美国结婚,修得教育博士,在美国有多年中文教学经验,回台湾后从事英语教材编写、师资培训工作,位居教务长之职。这么一位中英文俱佳的高人,美丽双眸散发出的光芒,马上让人感染到她对写作的认真与热情,面对一字、一句、一段、一篇、一个标点符号……她字斟句酌,一点都不马虎,一修再修,琢磨再琢磨,而且,她还乐此不疲,一篇文章甚至会修个一百遍以上,毅力惊人。

她的目标明确,只有一个:写作。一定要写,非写不可,全力以赴,即使写到一眼差点失明,但,就——是——要——写!

蔡怡的写作动机单纯,既不为名,也不为利,只是纯粹为自已走过的人生留下雪泥鸿爪；她从记忆百宝箱中随手掏出的一则小事，化成文字，都让人惊叹她果真是一位说故事高手——真诚温暖，感动人心。很快地，看过她文章的人都成了她的粉丝，期待看她不断在报章杂志刊登的大作、专栏；更随着她陆续得奖，我们兴奋组团出现在颁奖典礼上，给她最热烈的掌声，享受着与有荣焉的骄傲。

遇到这样的场合，我总是习惯性地在心里默默向蔡怡在天上的父母禀报："怡姐又得奖了，您们一定很高兴喔！请一定要保佑她健健康康，继续写出好作品。"

虽然我没有机会亲见蔡怡的先严先慈，但是我在她的文章里早已认识他们。认识这一对从山东青岛匆匆随政府来台，落脚屏东大鹏湾的年轻夫妻；认识那不甘被困在奶瓶尿布操持家务，好强躁郁的女文青；认识温文儒雅内敛自持，却压抑一生、晚年失智的书生……

我很庆幸常常能做蔡怡的第一个读者，她冷笔之下的浓烈情感和揪心情节，很难不让人掩卷拭泪。不过，看完之后，心中却充满了爱的能量与感恩，感恩怡姐如此勇敢而坦诚地写下生命故事，纵使其中有着永远无法弥补的遗憾和伤痛，但她用血泪书写对亲人的爱与思念，却神奇地让身为外人的我心灵得到洗涤与抚慰。

在《一甲子的凝视》文中，蔡怡写她那全心为家庭奉献却错踩彼此人生几十年的父母：

窗外阳光被窗纱筛成细细的金线,映照他俩如风中芦获的苍苍白发,他们的背被悲欢离合的沉重包袱压驼了,岁月毫不掩饰地在他们的脸上刻出条条印记,写下斑斑痕迹。我在他俩的眼神中,读到曾属于他们的美丽春天、翁郁夏日;有长日将尽的金秋灿烂,更有结褵一甲子即将天地永别的无限悲凉。他们的相互凝视,是在交换吟咏一首千古传唱,但不到临头,谁都无法体会的生命哀歌。

生命的确如一首哀歌,却也曾灿如春花,怡姐以舒缓而沉静的文学之笔,写出父母不完美的婚姻,但笔锋一转,又将缺憾还诸天地,带着读者默默走过悲伤的幽谷,将款款深情尽藏心底。这是多么温暖的人生智慧啊!

在《二十岁的父亲》一文中,失智的父亲拒绝做父亲时,蔡怡幽幽写着:

我的心好像被戳了一个洞,一阵寒风刮过,冷到心底,眼前是永无止境的灰暗,而自己就在这弥漫的灰暗中,用力追赶父亲的背影,还口口声声地喊着爸爸、爸爸……

然而,一转身,擦干泪水,蔡怡直视生命中无可回避的痛,勇敢承担,云淡风轻地写下:

把寒冬藏在心底,换上一副春暖花开的语调,好似新生命正要热闹开锣，我兴高采烈地宣布："好啦，就让您当二十岁的爸爸吧！"

勇哉，蔡怡！她用最诚挚的心，写下亲身经验，告诉我们人生虽然不圆满，只要有爱，亲情依旧在，人间有至善。

蔡怡不仅有一枝具有疗愈效果的笔，她整个人都是。她那慈悲温柔善良的本性、丰富的人生阅历，加上待人热情、处世圆融的特质，让我们这些文友姐妹视她为心理治疗师、婚姻咨商师、医疗顾问……她协助创办"台北市妇女阅读写作协会"，拉着另一半志德大哥护持着我们，五十岁以后才开始写作的怡姐，才华与潜力无穷，还有好多关于"这些人、那些事"要写呢！

恭喜怡姐交出这本好书《烤神仙》，我们期待下一本，下下本……

从受伤的灵魂到文学的星空

许荣哲（作家、四也出版公司总编辑）

　　早在成书之前，我就看过作者多篇得奖作品，题材多与父亲、母亲，以及自身的成长经验有关。那是作者一路走来，不能逃避的责任，无法卸下的重担，喘不过气来的磨难，原本它们一条一条，清清楚楚，爱就是爱，痛就是痛。但作者不甘心如此，她用文学手法，把爱与恨，掺入了理解与宽容。一如希腊神话中的星座故事，作者将生命里受伤的灵魂，用文学的手法，揉成宇宙星云，随后一个接着一个摆放到文学的星空。从此，人们有了仰望的理由。

论写作兼评蔡怡散文的弹性和韧性

刘　宏（山东师范大学外国语学院教授）

　　蒙田在《随笔集》中的《致读者》里说道："读者，这是一本真诚的书。我一上来就要提醒你，我写本书纯粹是为了我的家庭和我个人，丝毫没考虑要对你有用，也没想赢得荣誉。这是我力所不能及的。"他还说"我不教诲，我只是记述"。其实，蒙田在书中勾勒出的一幅色彩斑斓、捉摸不定的自画像，却如同一面神奇的镜子，映照出读者的灵魂，令读者知晓真善美。此为"无心插柳"之举。中国的散文家却不同，他们大都不会如同蒙田一般，拿着放大镜细细查看自己，剖析自己，突出大写的"我"，而是崇尚"托物言志"的文学传统，寄情于天地万物、芸芸众生，以此折射出自己灵魂深处的东西。发轫于"五四"新文化运动的中国现代散文，除了"托物言志"特点之外，还力求"文以载道"——有意识地承担起文学的社会责任，为人民代言。但无论中外，散文的"质"却是相同的，那就是"真诚"。读一位优秀散文家的作品，犹如与他（她）进行心灵的对话，读者与作者坦诚相对，二者思想或水乳交融，或碰撞出智慧的火花。

因而可以这样说,"真诚"是中国现代散文的肌肤和血脉,而"责任"为其骨架,只有两者兼具,文章才会丰盈秀美且有深度和广度。读蔡怡女士的散文,诚然如是。

当然,蔡怡散文的"真诚"绝非平铺直叙,毫无韵味,她运用一种弹性的方式表达出自己的真诚。早在 20 世纪 60 年代,余光中先生就曾发起"散文革命",提倡"讲究弹性、密度和质料的一种新散文";大陆的贾平凹先生也在 20 世纪 90 年代高举"大散文"的旗帜,鼓励人们不拘一格写散文,而不再局限于那些仅书写身边琐事的抒情散文。一时间,海峡两岸的散文创作风起云涌,异彩纷呈。人们也纷纷向小说、诗歌、戏剧、电影、音乐、美术等其他文学和艺术类型"出位",无疑给散文创作注入了新鲜的生命活力。但在"创新求变"的呐喊中,也有些人无视散文"真实"的本源,更有人追求"语不惊人死不休"的艺术效果,以致众多作品暴露出风格雷同、雕琢痕迹明显等诸多弊病。

在这种背景下,台湾散文家蔡怡却不跟风,散文作品不追求怪异的语言和奇崛的风格,而是清丽典雅,娓娓道来,如一弯细流,浸润人的心田,有冰心、张秀亚等人的流风余韵。虽然蔡怡散文在早期有小说化叙事的痕迹,往往用小说的笔触刻画人物,有的还伴有跌宕起伏的故事情节,但透过这层"皮囊",仍能清晰地触摸到作者追求"真实"的脉动。这也算得上她为呼应现代散文革命的浪潮,有意识做出的一种实验姿态。在她早年的散文作品和近作《烤神仙》一文中,均可看到作者在立足散文"真实"根本的前提下,在"弹性"方面所做的努力和尝试。

具体来说，蔡怡散文的"弹性"，主要体现在其语言的风格、文章的意境和创作的手法上。

周作人认为散文的语言需有"涩味和简单味"，应"以口语为基本，再加上欧化语、古文、方言等分子，杂糅调和"。自"五四"起，欧化语对中国文人的影响日益深刻，在散文领域也产生了语句不太通顺、翻译腔调重等消极影响。蔡怡散文的语言以口语为主，明白晓畅，但因她早年毕业于台大中文系，有旧学的底子，故对古典诗词中的词句和典故，也能顺手拈来和巧妙化用。"满城飞花，遍地落红"，长亭送友人，"阳关三叠"等等，又有一些方言俚语穿杂其间，读来韵味十足。她在《烤神仙》中语言归为质朴简约，但她并没有停止其他方面的实验。

蔡怡的大部分散文淡泊、宽厚，又有一丝忧伤和怅惘，恰似淡墨渲染的中国山水。但《烤神仙》却俨然如同一首意象派诗歌。蛰居于地洞中的"神仙"周围的黑暗和父亲教童年的"我"学游泳时水面上闪着的"粼粼金光"交相辉映，令人不禁想起庞德的《在地铁站》："人群中这些面孔幽灵一般显现/湿漉漉的黑枝上的许多花瓣。"沉寂中透出勃勃生机。时光无情地流逝，但那些美好的时刻却会在我们心中扎根、成长。

在《烤神仙》中，蔡怡还借用了蒙太奇的手法。"父亲"漫长的一生被剪辑成数个片段，时空的交错，视角的变换，回忆、遐想、思索的穿插，并不显得混乱，反而富有节奏感。显然蒙太奇的手法增加了能指和所指之间的张力，使得文本更加富有弹性，从而更加丰富了读者对文本的理解和感同身受，调动起多样化的审美感受。

　　蔡怡的散文还渗透着一种不屈的韧性，表现出对生命、对他人、对社会、对自然的责任。蔡怡是写情高手，她在散文集《缤纷岁月》(台湾白象文化出版社，2007)中写亲情，写友情，写爱情，写乡情，但她并非单纯写情。她文笔细腻，但并不绮丽缠绵，而是在云淡风轻的文字中透出一份厚重感。这份厚重感源自对历史的冷静审视，以及对生命的深切关怀。她描写父辈和亲人经历的人生苦旅，体现了在风云突变的大时代的操纵下小人物的无奈、无助和牺牲。含英咀华，颇有余味。较之《缤纷岁月》，《烤神仙》一文的思想更为成熟，视野更为开阔。《烤神仙》多了一份对情感的抑制，多了一份思辨和理性。但对情感的克制正达到了"欲扬先抑"的效果。其中对亲人、对社会、对自然的热爱之情与忧患意识，表现得更为深沉和强烈。

　　钱歌川先生以为："最上乘的小品文，是从纯文学的立场，作生活的记录，以闲话的方式写自己的心情，其特征第一是要有人性，其次要有社会性，再次要与大自然调和。"在《烤神仙》中，其中的"神仙"(即蝉)不单单是"父亲"在故土度过的童年时光的缩影，还代表了父亲全部的人生体验，甚至记录了社会的变迁。可说蝉的意象是与土地、故乡联系在一起。对年迈的父亲而言，家乡的枣树、香甜的红枣发糕、忙碌的母亲，和"神仙"一起，构成了他无忧无虑的童年。但对明晰一切的"我"来说，"神仙"的命运也映照了"父亲"的命运："神仙"耐心在土里度过漫长岁月，父亲平静地度过了懵懵懂懂的童年；"神仙"听到"属于它的呼唤"钻出地洞,爬到枣树上汲取树汁,父亲到了风华正茂的少年时代,回应时代的召唤投入到保家卫国的战斗中;"神仙"瞬间成为"布施的祭品",少年父亲在不尽的烽火中跟着学校四处逃亡,从此离乡背井,与亲人水天相隔,他又何尝不是时代的"祭品"呢!文章最后"我"返回"父亲"的家乡,却找不到父亲回忆中的场景:枣树已被砍光,"神仙"飞走了;"父亲"童年在大坑嬉戏,而现在大坑已经干涸见底;祖居风光不再,"只剩断垣颓舍"……返回故乡却有"他者"之感触,田园生活一去不返,人与自然的关系岌岌可危,如何对待人与人、人与社会、人与自然的关系?这是作者给自己、也给读者留下的思考。

《烤神仙》的内容关乎死亡,也关乎生命。文中描写了死亡,然而这"死亡"却不黑暗,不沉默,不滞结,反而成为一线希望的亮光,是一首悠悠的长歌,有一股看不见的坚韧的绳索,把它与生命紧紧联系在一起。"父亲"和"我"在面临生离死别时安详、旷达,颇有"万物一体,宇宙有我"的气度,并体现出"向死而生"这一乐观的生命哲学。

"文如其人"并不适用于所有文体。如小说家在作品中鲜以真面目示人,带了一层又一层的假面具,或索性让另外一个人来发声,用各种令人眼花缭乱的技巧和手段魅惑读者,读者在读小说时可能连作者的影子都抓不到。散文家则相反。他们卸去所有的伪饰,把自己暴露在读者的目光下,勇敢地袒露心扉,诉说自己的人生经历和生活感悟,无意掩饰自己的弱点。一旦有美化自己的企图,也必定逃不过读者的法眼,因为这样一来,文章难免装腔作势,令读者不忍卒读。蔡怡无疑是有韧性的。她追随先生赴美生活十六载,历经了种种挫折:有生活的困顿,也有精神的失落。但她随遇而安,在他乡的土壤生根、发芽、枝繁叶茂。她自幼在中国传统家庭长大,接受的是中国传统的教育,但在异域文化的冲击下也能站稳脚跟,如鱼得水。因此,蔡怡的文章透出的韧性也就不难理解了。

试看当代散文大家,并非独事散文,而是各有专攻。为写文章而写文章,不免有"为赋新词强说愁"之嫌,难免殚精竭虑,矫揉造作,缺少散文的自然神韵。蔡怡做过家庭主妇,供职过私企,从事过师资培训和教材编写,对她来说,写作是"副业",但她对文学的执着追求一直未变。著名作家张炜认为,"并非以专业心态对待自己的散文写作,而只将其视为生命的某种基本需求的人,才有可能走得遥远、走向一个阔大"。蔡怡曾说,"写作是人生的记录",而我们从《烤神仙》中看到的不仅仅是人生的记录,更是对人生、对生命的探求。

弹性的形式,再加上韧性的精神,相信蔡怡会在散文之路上走得更远,也会更成功。

图书在版编目（CIP）数据

烤神仙/蔡怡著.—南京：南京大学出版社，
2017.6（2020.4 重印）
ISBN 978 - 7 - 305 - 18700 - 1

Ⅰ.①烤…　Ⅱ.①蔡…　Ⅲ.①散文集-中国-当代

Ⅳ.①I267

中国版本图书馆 CIP 数据核字（2017）第 103053 号

江苏省版权局著作权合同登记　图字：10 - 2016 - 578 号

出版发行　南京大学出版社
社　　　址　南京市汉口路 22 号　　　　邮　编 210093
出 版 人　金鑫荣
书　　　名　烤神仙
著　　　者　蔡　怡
责任编辑　沈卫娟
照　　　排　南京紫藤制版印务中心
印　　　刷　江苏凤凰通达印刷有限公司
开　　　本　880×1230　1/32　印张 6.5　字数 178 千
版　　　次　2017 年 6 月第 1 版　2020 年 4 月第 2 次印刷
ISBN　978 - 7 - 305 - 18700 - 1
定　　　价　35.00 元

网　　　址　http://www.njupco.com
官方微博　http://weibo.com/njupco
官方微信　njupress
销售咨询　025 - 83594756